杜の都であやかし保護猫カフェ

湊 祥

宝島社
文庫

宝島社

CONTENTS

第一話　地域猫ポン太

海を横に見ながら、堤防沿いを歩く。潮が引いてできた浅瀬には、数人の大人に引率された子供たちが潮干狩りに夢中になっていた。「あった！　でかい！」なんていう、はしゃぐ声が響いてくる。

私も昔、子供会の行事でやったなあ。幼馴染の真田《さなだ》百汰《ももた》とどっちがたくさん採れるか競争したっけ。

東北一にして唯一の政令指定都市、仙台《せんだい》市にほど近い湊上《みなあげ》地区。宮城《みやぎ》県南部の沿岸に位置し、常に潮の香り漂う漁業の盛んな地域だ。

少し前まで東京《とうきょう》での仕事が忙しく、休暇の度に帰省というわけにはいかなかったが、約年に一度くらいの頻度では帰れていた。前回帰ってきたのは年末年始だったから、約五ヵ月ぶりになる。

梅雨《つゆ》入り前の水無月《みなづき》の日差しはなかなか強く、日焼け止めを塗ってこなかったことを後悔した。初夏の匂いが立ち込める六月に、この穏やかな町に滞在するのは就職してからはなかったと思う。

海を背にして路地に入る。築三十年以上の古びた家屋ばかりが立ち並ぶ湊上地区の中では、珍しく新築の戸建が建っているエリアだ。

その場所に彼は、いつものように佇《たたず》んでいた。道路の端に寝そべって、大地のすべてが我がものであるかのような顔をして。

「ポン太」

期待通りそこにいてくれて、嬉しくなって駆け寄る。私にポン太と呼ばれた茶トラの猫は、少しだけ顔を上げて半目で私を一瞥《いちべつ》すると、再び顔を地面に押し付けた。まったく警戒する素振りがないことが、私を嬉しくさせる。猫に存在を無視されるということは、そばにいても構わないと思われていることに他ならないのだ。

――宮城県内の大学を出て、就職のために上京して二年。それが私の限界だった。運か実力か。定かではないが、それなりに有名企業に就職した私は、営業職として東京で自立した生活を始めた。

しかし、期待に胸を膨らませて新生活を迎えた私を待ち受けていたのは、理不尽な罵倒《ばとう》や叱責《しっせき》、徹夜での残業が前提の仕事量、膨大なノルマだった。

たぶん心は三ヵ月ほどで折れていたと思う。だが、どんな企業でも三年は勤めてから退職しろと、友人も偉い人もネットで名を轟《とどろ》かせるインフルエンサーも、こぞって言うものだから。

私は頑張ってしまったのだ。自分のキャパシティ以上に。

一年半を過ぎた頃から、目まいや胃痛、倦怠《けんたい》感と小さな不調が相次いでいたが、病院に行く暇などあるわけもなく、見て見ぬふりをしていた。

その結果、三年目に差し掛かる目前に業務中に倒れてしまった。

疲労の蓄積と睡眠不足により、体はかなり衰弱しており、救急車で運ばれた先の病院では、入院を強く勧められた。

入院を渋っていると、ベッド脇に置いたスマートフォンには、「体調管理もできないのか。社会人失格だな」「今すぐ戻って会議の資料を作成しろ」などといった、上司からの鬼のようなメッセージが数分単位で届いた。

体調を気遣う文面は一切なかった。私をひとりの人間として扱わず、ただの労働力、命令通りに生産を続ける機械としてしか見ていない様子。

しかし壊れかけていた私は、それに抗《あらが》うことなど思いつかない。

早く会社に戻らなくてはとんでもないことになってしまう。青ざめ、看護師や医師が制止するのも振り切り、病室から出ようとした。

人間らしい生活を二年近くも送っていなかった私の心は、とっくに麻痺していたのだと思う。会社の狙い通りの歯車と化していたのだ。

しかし、私が倒れたと聞きつけ、宮城くんだりから東京まで駆け付けてきた母に泣きながら叫ばれた。

『そんな思いをさせるために、東京へ行かせたわけじゃないよ！』

泣かれるとは思わなかった。私が体を張ることが、肉親を悲しませる結果に繋がるなんて、未熟な私は思いもしなかった。衝撃だった。

そこで私の目は……まあ、完全には覚めなかったけれど、幾分かは覚めた。会社の支配に少しの疑問を抱くきっかけになったとは思う。

実は母は、年々痩《や》せて頬《ほお》がこけていく私をずっと案じていたらしい。

そして母に言われてスマホの電源を切って会社との接触をシャットアウトし、入院しているうちに少しずつ正気を取り戻していった。

最終的には退職届を郵送で送り付け、恐怖の歯車生活から脱したのだった。

あれだけ身を粉にして働いていたのだから、直属の上司が「雨宮《あまみや》さんはうちの会社に必要な存在です」なんて言って、手土産持参で土下座する展開を妄想することもあった。

しかしあの極悪非道のブラック企業からはなんの音沙汰《おとさた》もなかった。

エラーを起こした歯車は廃棄されるだけだ。いくらでも替えはいる。ガソリン代を自腹で支払って外回りをするのも、終電を逃して一晩中資料を作るのも、私じゃなくてもよかったのだ。

会社を辞められたのはいいけれど、必死に生きてきた二年ほどの期間がすべて否定された気がした。

その結果抜け殻となった私は、湊上の実家に戻ることになった。しばらくは、のんびりしなさいと母に言われている。

ということで、たっぷり八時間以上睡眠を取り、この地区で採れる魚介が並んだ母の手料理を食べ、テレビやネットをあてもなく見たり海沿いを散歩して地域猫を愛《め》でたりするという、健康的なニート生活がスタートしたのだった。

「今日何食べた？」

ポン太の傍《かたわ》らでしゃがみこみ、友人に話しかけるかのような親密な口調で尋ねる。ちなみにポン太という呼び名は、私が勝手に名付けたものだ。お腹の毛が少し長めでポンポンとしているから。

この名前について、当猫から賛同は得られていないが、嫌がるような素振りも今まで見せていないので、よしとしている。

『魚屋の早坂《はやさか》んとこの息子が、かつおのあらをくれたよ。なかなかおいしかったかな』

「へえ、そりゃラッキーだね」

『あいつんとこ行けば、だいたい何かくれるね。困ったら行くことにしてる』

と、薄目を開けながら私の方を見ずに〝話す〟ポン太。

――私は猫の言っていることがわかる。聴覚が捉えるのは他の人と一緒で猫らしい「にゃーん」という鳴き声だが、それが頭の中で勝手に人語に変換されるのだ。

これだけ言うと、厨二病かな？　とでも思われてしまうかもしれないが、本当なのだ。

猫は人語を話せないけれど、人間の言葉を聞き取って理解できることも、私は知っている。

会話をした猫が、常に私と話した内容通りの行動をするので、こじらせ厨二が設定したエセ能力なんかでは決してない。

幼い時、みんなも私と同じなんだって思っていた。それで友達や母にその体《てい》で話を振ってしまったことがある。

そうしたらまあ案の定、友達からは嘘つき呼ばわりである。

母はそういう時期なのねーと微笑《ほほえ》ましく流してくれたけれど。友達のドン引きした冷たい目付きは、軽く……いや、かなりトラウマである。今でも。

そういうわけでこの不思議な力については他言無用なのだ。

特に実生活に役立つ特技ではないけれど、こうして猫との会話をすることが心の拠《よ》り所となり、安らぎを得られるのだ。精神的な傷をリハビリしている今は特に。

こちらに出戻った日に外をふらふらしていたらポン太と出会い、それからは毎日こうして会話をしに赴《おもむ》いていた。

潮騒が少し遠くに聞こえ、猫の被毛が潮風に靡《なび》く情景は、なんとも心を落ち着かせてくれる。

――でも。失業保険が切れたあとのことも、考えておかないとなあ。また東京に戻るか、宮城で職を探すか……。憂鬱《ゆううつ》だ。

そんなことを考えている時だった。

「この猫の飼い主の方ですか」

いきなり背後から話しかけられて、心臓が飛び出るほど驚いた。その声には愛想がまったくなく、憎々しげに言っているようにも聞こえた。

「え、ち、違いますけど」

振り返り、驚きのあまり声を上ずらせながら答える。そこにはひとりの男性が立っていた。年齢は三十代半ばといったところか。

小太りで、何ヵ月も散髪していないと思える髪に、よれたネルシャツ。少しだらしなさそうな印象を受ける。

彼は私を忌々《いまいま》しそうに睨《にら》んでいた。

「猫嫌いなんです。かわいがるんなら飼ってくださいよ」

つっけんどんに早口でそう言われて、虚を衝《つ》かれる。しばしの間理解が追い付かず、返答できなかった。

「あ、いや、うちは飼えなくて。母が猫アレルギーで」

うっかり家庭の事情を漏《も》らしつつもそう答えると、彼は私を睨みつける瞳に、さらに鋭さを込めた。

「どうにかしてください。猫が家の周りをうろうろしているだけでストレスが溜まるんです」

「どうにか？」

「飼い主を探すとか、保健所に連れていくとか、いろいろあるでしょ」

「保健、所」

あっさりと言うが、保健所がどんな場所か彼は知っているんだろうか。

親切な公的機関のような名前をしているが、猫を保護して一生涯面倒を見てくれる施設では決してない。

一定期間預かって貰《もら》い手がいなかったら、ガス室に入れ、呼吸困難にして、殺処分してしまう場所なのである。

幸い、ポン太は保健所がなんの施設かを存じてはいないらしく、人間同士の会話に興味もないのか、目を閉じてかわいらしいお腹を規則正しく上下させていた。

この男性は、元々湊上地区の人間ではないのだろう。

漁業が盛んな地区では、漁師のおこぼれをいただけるため猫が住み着きやすい。湊上地区にも、私の知っている限りでも数十の猫が縄張りを持っている。

この地区に昔から住んでいる人は、猫に対しては大らかだ。それは猫神様のお膝元だからかもしれないが。

湊上の中心部には湊《みなと》神社という、千年以上の歴史がある神社が鳥居を構えている。そこには、猫が化身の神が祀《まつ》られているのだ。

平成に起きた震災で、東北の太平洋沿岸は甚大な被害を受けた。しかしここ湊上地区は、津波による死者はゼロ、家屋の倒壊数も一桁だったと聞く。

地区の沿岸に無人の離島が多数あり、それらが津波の被害を防いだのだと言われているが、猫神様のお陰だ、と神社へ参拝を欠かさない人も大勢いるらしい。

そういうわけで、湊上地区の猫たちは、いわゆる地域猫と称され、地域みんなで世話をするという形になっていた。

ご飯の置き場所は決まっていて、定められた時間に当番が適切な量を置く。ブロックや板で囲われた場所に砂を入れた、猫用トイレも様々な場所に設置されている。それらの掃除も当番制で行われているらしい。

湊上地区の人々は猫を愛している。しかしこの男性はそうではないようだから、恐らく最近この地域に越してきた人なのだろう。

震災の後に、被害の少なかったこの地域に移住してきた人たちも多いのだ。飲食店やカフェなど、新たな店もいくつかオープンしたと聞く。

そういえば、保護猫カフェもあるんだっけ。そこは震災の前からあるらしいけれど。ここ十年ほど、空前の猫ブームと言われるまでに猫が大人気なので、それにあやかってのものなのだろうか。

「そ、そんなに悪さをする子じゃないですよ。トイレも決まった場所でしかしないし……」

なんとしてでも保健所行きは避けたい私は恐る恐る言う。しかし男性は、瞳に苛立ちを込めて、忌々しげにこう言い放つ。

「家の外でウロウロされるだけで嫌なんですよ。猫嫌いにとっては」

「──そんな」

「あなただってゴキブリが常に外でウロウロしてんの見えたら、嫌ですよね。早く殺せって思うんじゃないですか？　それと同じです」

――う。確かに。

考えただけで身の毛もよだつ話だ。宮城県の民家では、よほど不潔にしていない限り、黒の不気味な侵入者はやってこない。ゴキブリは東北の寒い冬を越せないからだという。だから私はやつらにあまり耐性がないのだが、上京したら、いくら水回りを掃除したり、生ゴミの処理に気をつけたりしても、彼らは定期的に姿を見せた。出現する度に半泣きになりながら彼らと格闘したのは苦い思い出だ。もし今、自宅の周辺であの黒光りしたフォルムを見かけたとしたら……。一刻も早くどこかに追いやることを強く所望するだろう。でもかわいい猫と気色悪いゴキブリを同列で語るなんて……。

私にとっては信じられないことだけど、それを主張しても意味はない。これは単なる価値観の相違なのである。

私は大の猫好きだが、この想いが人類の総意ではないことは重々承知している。

「もういいです。次に見かけたら、私がとっ捕まえて保健所へ置いていきますから」

男はそう言い捨てると、私に背を向けて去ってしまった。

――どうしよう。保健所に連れていくなんて絶対にできない。猫好きだが、重度の猫アレルギーの母がいる我が家では飼えないし。

『話は終わったの？　ねえ、おやつ持ってないの？』

いつの間にかポン太は私の足元に擦り寄っていて、つぶらな瞳で私を見上げていた。

当の本人……いや、本猫がまったく話を理解していないのは不幸中の幸いかもしれない。

どうしたらいいのだろう。湊上の人はみんな猫が好きなのに。少し離れた場所にでも置いていこうか。

いや、でも猫には帰巣本能がある。ポン太はこの辺を気に入っているようだから、数日で戻ってきてしまうだろう。あの男のテリトリーでもあるこの区域に。

猫を保護して里親を見つけてくれる人、いないかなあ。ネットで募ってもすぐに見つからなそうだし、その間にあの男に保健所に連行されてしまうかもしれない。

猫を、保護……。

「そうだ！」

私はあることを思い出し、思わず大声で独りごちた。

『な、なんだよう。びっくりした』

ふわふわの尾をボワッと爆発させ、耳を少し寝かせて不満そうな顔をするポン太。

あるじゃないか、猫を保護する施設が。保護猫カフェという、素晴らしい場所が。

そこに行けば。そこなら、なんとかしてくれるかもしれない。いや、してくれるに違いない。してくださいい頼むから。

「ポン太、行くよ！」

思い立ったが吉日。私はポン太をひょいと抱えあげると、噂の保護猫カフェがある場所へと向かって走り出す。藁《わら》にもすがる思いだった。

『え、ちょ、なんだよう。下ろせ』

「あとで〝にゅーる〟あげるから！」

いきなり抱きかかえられ、私の腕に爪を立てるポン太だったが、私がそう言うと爪を引っ込めた。

ちなみににゅーるとは、猫用のおやつの名前だ。スティック状のパッケージから絞り出されるそれに、狂ったように猫たちが群がるＣＭが度々流され、猫界の麻薬とも称されている。

『しょうがないなあ』

あっさりと大人しくしてくれる。会話ができてよかったと心から思った。

「絶対、なんとかするからね」

自分が置かれている立場なんてわかっていないと思うけど、私はポン太に優しく言った。半ば、自分を励ますように。

にゃあ、とポン太は返事をするように一度だけ鳴くと、その後は特に抵抗もせず、私に抱かれたまま大人しくしてくれていた。まあ確実に、にゅーるのためだろうけれど。

その保護猫カフェは、商店街の大通り（と言っても、田舎の商店街だからたかが知れているスケールだが）から一本路地に入った、あまり目立たないところにあった。

以前に母からなんとなく聞いたおぼろげな記憶を頼りに、少し迷いながらもたどり着いた。

母の話では、少なくとも数年前からこの保護猫カフェは存在していたらしい。「気がついた時にはもうあった気がするわ」なんて言っていたので、なんだか不思議なイメージがある。

変な店じゃないかな……？

ちょっと不安だったけど、とにかく野良猫を保護して譲渡する目的の保護猫カフェなら、ポン太をどうにかしてくれるのではないかと思う。

店舗は、猫カフェとしては珍しく、黒い瓦の屋根に茶色の外壁という和の外観だ。入口の木製の引き戸からは、浴衣姿の女性でも飛び出してきそうな雰囲気がある。

そしてそのドアの近くには、黒い猫型の看板が立っていた。「保護猫茶房・猫又」と、丸みを帯びたかわいらしいフォントで書かれている。

保護猫茶房、か。和風にこだわっているから〝カフェ〟ではなくて〝茶房〟なのだろう。そういえば猫又って、怖い妖怪なんじゃなかったっけ。

保護猫カフェの名前として、それってどうなんだろう、とちょっと思う。

猫カフェには興味はあったけど、来店するのは生まれて初めてだ。

少し前までは余暇なんて楽しめる状況ではなかったし、湊上に出戻ってからも、ポン太という友人がいたから、別にお金を出して猫と戯れる必要はなかったのである。

それに、保護猫カフェというのは保護猫を家に迎え入れたい人が行くイメージがある。猫と暮らせない環境にある私がそういう目的の場所に行ったら、冷やかしだと思われないかな？　という不安もあった。

「すみません」

恐る恐る、引き戸を引いて店内に入る私。カフェの中は広々としていて、キャットタワーや猫用のベッドがいくつも置かれていた。

内装も床は畳、壁紙も和風モダンっぽい薄緑色で、外観と同様に和のテイストで統一されている。

しかし畳かと思った床は、畳柄のクッションマットだった。猫の爪とぎ防止のためだろう。床には客が使うためか猫が寝るためなのかは定かではないが、座布団が何枚か置かれていた。

そして部屋の隅には空気清浄機が設置されており、まったく嫌な臭いはしなかった。清潔さが感じられる空間だ。

店内の奥へと進むには、私の腰くらいまでの柵を乗り越える必要があった。なるほど、玄関のドアを開けても猫が脱走しないように設置されているのだろう。柵にはロックのかかる開き戸がついていたので、私はロックを外してそっと戸を開け、中へと入る。

足元に段差があり、傍らには靴箱もあった。ポン太を抱きかかえながらもなんとか靴を脱ぎ、靴箱に入れる。

入口付近には、猫もお客さんの姿も見えない。どうやらくの字形の空間になっているようで、曲った先に猫がいるのだろう。

私がさらに店内奥へと進もうとすると。

「あっ!」

今まで腕の中で大人しくしていたポン太が、突然暴れたので思わず放してしまった。

「ポ、ポン太! 待って!」

そして一目散に店内奥へとダッシュするポン太。慌てて後を追ったが、それもそのはずだとすぐに納得する。

『おやつおやつーー!』

『早く早くーー!』

そんなことを叫びながら、十数匹の猫たちが目をランランと輝かせて落ち着かない様子でうろうろしている。

どうやら猫たちのおやつタイムだったらしい。部屋の中心では、私がポン太にご褒美であげると約束していたにゅーるを持っている男性に、猫たちが群がっている。

『にゅーるだ！』

嬉しそうにそう言い、ポン太も期待に満ちた瞳をして、猫の輪に加わっていた。他の猫たちはおやつに夢中で、ポン太の存在には気づいていないようだ。

「──おや。こんにちは、どこの猫さんですか？」

猫たちにおやつを与えていた男性が、ポン太に向かって柔らかく言う。突然現れたにも拘《かか》わらず、落ち着き払っている。

「あ、あの……すみません。私が連れてきたんです、その子」

恐る恐る男性に言う。彼は猫たちから目を逸《そ》らし、私に視線を合わせた。

──そして私は息を呑む。

おいおい、聞いてないって。

こんな超絶イケメンがお店にいるなんて。それならもっとお洒落《しゃれ》してがっつりメイクをしてくればよかった。なんで私、どうでもいいTシャツにダメージジーンズなんて穿《は》いちゃってるの。大学生の時に買ったやつだよこれ。

こんな田舎に絶世の美男子がいるなんて、思いもしないじゃないか。

そう、猫におやつをあげるという和やかな行為をしていた男性は、それに似つかわしくない神秘的な美形だったのだ。

漆黒の髪は、前髪が少し長めで目にかかっていたが、髪によって作られた影が、かえって彼にアンニュイな色気を与えていた。日本人としては珍しい、グレーがかった切れ長の瞳に、色白の肌。そして通った鼻筋に、形の良い薄い唇。

しかも彼の服装が、ストライプが入った紺の作務衣《さむえ》に、黒いエプロンを上からつけているというもので。

それが妙に似合っていて、とても色っぽい。和の装いは、美形の彼をさらに魅力的に仕立てあげている気がした。

のどかな湊上とはある意味不釣り合いな彼の存在が信じがたくて、私は驚きのあまり固まってしまった。

「こんにちは。あなたがこの子を？」

温厚な笑みを向けながら話しかけられ、ぼんやりとしていた私ははっとする。

「あ……。は、はい！　この子野良猫なんですけど……。ちょ、ちょっといろいろあって……ここの保護猫カフェさんに助けていただきたくて！」

「いろいろ訳アリみたいですねえ」

そう言うと、彼はポン太を抱えあげた。前足の脇にそっと手を入れ、慣れた手つきで抱くその様は、猫の扱いに長《た》けているように見受けられる。

まあ、保護猫カフェの店員さんだから当然か。

「とりあえず、この子と一緒に奥の部屋に行きましょうか。病気を持っていたら他の子に移ってしまいますしね。幸い今はお客さんはいませんから。ゆっくりお話ししましょう」

「は、はい！」

彼の優しい言葉に、思わず涙が出そうになる。絶望的な思いをしていたのだから、なおさらだ。ポン太を抱えたまま奥の部屋へと向かう彼に、私は続いた。

「透真《とうま》と申します。ここの店主をやってます。休日や混む時間にはアルバイトの人やボランティアの方もいるんですけど……今日は私ひとりです」

通された奥の小部屋は、フードやブラッシング用のブラシなどの猫用品が、棚に綺麗に整頓されて置かれている、倉庫部屋だった。

また、いくつかケージが置かれており、中には猫が一匹ずつ入れられていた。なんらかの事情があって、カフェの営業に出られない猫たちなのだろう。

そして部屋の奥の赤い座布団の上に白い猫のぬいぐるみが転がっているのが見えた。

従業員用の休憩室も兼ねているらしく、小さなテーブルと二脚の椅子も置かれていた。私は促されて、透真さんと向かい合わせに腰掛ける。

「……あ。わ、私は雨宮美《み》琴《こと》です。この近くに住んでいる者です」

「雨宮さんですね。それでどうしてここにこの子を連れてきたのですか?」

「それは……」

尋ねられ、私は透真さんに先程の出来事を説明した。ケージに入れられたポン太は、ひとしきり毛繕いをしたあと、体を丸めて眠ってしまった。

「なるほど。それで困って、ポン太をここに連れてきたのですね」

「そうなんです。保護猫カフェなら、ポン太を受け入れてくれるんじゃないかと思って……」

保健所へ連れていくなんてもってのほかだし、家で飼うこともできない。自分で貰い手を探すことも考えたけれど、見つかるまでの世話をするのが難しいのだ。もたもたしていたら、あの男に保健所に連行されてしまう。

だから、猫又でポン太を預かって貰い手を探してくれないかな、と私は思ったのだ。

「申し訳ないですけど、そのような形での猫の引き取りは受け付けていないんです」

「えっ?」

あっさりと希望を打ち砕くことを言われて、思わず前のめりになってしまう。

「こういうのを受け入れてしまうと、カフェの前に猫を捨てに来る人が必ず出てくるので。受け付けていないと言っている今でさえ、たまに捨てられていますからね」

考えてみればそうだ。テレビでもよく、捨てられた猫の殺処分がなくならないというニュースをやっている。

しかし、世話のできない猫を保健所に直接持ち込む人間は少ないいんだとか。保健所へ連れていってしまうと、ほとんどの場合処分されてしまうが、道端に捨てれば、なんとか生き延びるんじゃないかと思えるからららしい。

さすがにほぼ確実に殺される場所へ猫を持ち込むのは、捨てる方も寝覚めが悪いのだろう。無責任なことには変わりないと思うけど。

だからもし、保護猫カフェが飼い主のいない猫をいつでもお預かりします！　なんてシステムにしたら、ひっきりなしに猫を預けたい人が来てしまう。

保護猫カフェの猫には、食べるものも寝床にも困らない、それなりの幸せが約束されているわけだから。

「カフェにいる猫は、ボランティアが保護した、予防接種済みで病気のない子だけなんです。だから、申し訳ないですが」

「……わかりました」

どうしよう。元の場所に戻したら、ポン太はあの男に捕まえられて、保健所へと連れていかれてしまう。

だけど私が飼うことだってもちろんできない。貰い手が見つかるまで、家で飼うしかないかなあ。母が許してくれるだろうか。

なんてことをぼんやりと考えながら、ポン太を連れて帰ろうと、私はケージの傍らに立った。

『帰るの？　眠くなってきたんだけどなあ』

何もわかっていないらしいポン太が不満げにケージの中から言う。さて、今後どうしようか……。途方に暮れながらも、私はケージの扉を開けようとした。

――すると。

座布団の上の、ぬいぐるみかと思っていた白い毛玉が、いきなりむくりと動いたので私は手を止めた。

なんと、その白い物体は生きている猫だったのだ。白だと思っていた被毛の色は、光の加減で銀色のようにも見えた。長毛種で、立ち上がった拍子に毛がファサッと靡く。

大きな耳に、右目が金、左目が銀のオッドアイ。まだ若い猫のようで、くりくりとした瞳はとてもかわいらしいが、私を見据えた彼（彼女？）の顔は、無表情でどこか達観しているようにも見える。

白銀に見える猫は、ゆっくりと私たちの方に近寄ってきた。歩く度にもふ、もふ、という効果音がつきそうだ。――やばい、触りたい。

じっと私を見据えて、銀の猫は偉そうな口調でこう言った。

『お前、猫の言葉がわかるのか』

普段なら普通に返答するところだったけれど、今は透真さんもいる。私は猫に向かって、ゆっくりと深く頷いた。

——すると。

「なるほど、わかりました」

何故《なぜ》か、透真さんがそう言った。

何がなるほどで、何がわかりましたなのかはもちろん私にはまったく見当もつかない。私と銀の猫とのやり取りが、彼に理解できているはずはないし。

「え……？」

「気が変わりました。特別にポン太をうちで預かって次の飼い主を探しましょう」

「ほ、ほんとですか？」

喜びのあまり、思わず透真さんに詰め寄ってしまう。

急に彼の気が変わった理由はわからないけれど、そんなこと別にどうだっていい。ポン太が安全な場所で暮らしてくれるなら、私はなんだっていいのだ。

透真さんは柔和な笑みを浮かべて頷いた。

「ええ。獣医さんに診てもらって、問題がなければですけどね。今回だけ特別です」

「あ、ありがとうございます！」

思いきり深く頭を下げて、心からのお礼を言う。

「よかったね、ポン太」

いつの間にか目覚めていたポン太に、私は笑顔で話しかける。

『何が？』

ポン太はきょとんとした顔を一瞬だけしたが、興味がなさそうに毛繕いを始めた。

そして白銀の猫は、元の位置に戻って背中を丸め、まただのぬいぐるみのようになっていた。


自宅の玄関先には、赤貝がたらいの中で水に浸けられていた。時折貝の口から気泡が浮いてくる。晩ご飯の味噌汁にたっぷりの赤貝が入っているのを想像し、私は胸を躍らせる。

貝の砂抜きは、幼い頃から我が家では日常に溶け込んでいる風景だった。亡くなった父が沿岸漁業で採った赤貝やこだま貝が、味噌汁や酒蒸しとなって食卓に並ぶ。物心ついた頃からそれらが大好物だった私は、貝が塩水に浸かって海の匂いを漂わせている姿を眺めるのが好きだった。

「おかえりー、ミコ」

居間に入ると、物音に気付いたらしい母の声がキッチンから響いてきた。「ただいまー」と間延びした声で言うと、私は古びたちゃぶ台の前に腰を下ろす。

幼少の頃に私が貼ったシールが、色褪《あ》せながらも足にへばりついているちゃぶ台。

小学校の時にまぐれで受賞した読書感想文の賞状が、いまだに貼られている砂壁。

擦り切れてところどころへたっている畳。太陽に照らされた海のきらめきを望める、二階の錆《さ》びついたベランダ。

そろそろ本気でリフォームを考えなければならないほど、私の実家は古びてきている。

しかし、柱の傷ひとつにも思い出があるなどと言われるように、この家にはあまりにも家族の匂いが染み込んでいた。

少し前までは古臭いなあとしか思っていなかったけれど、帰ってくる度にいちいち感傷的になるのは何故だろうか。やはり、二年間の社畜生活の間に蝕《むしば》まれた精神が、まだ完全には癒えていないからかもしれない。

「なんか手伝おうかー？」

座ったまま、キッチンで夕飯の準備をしている母に問う。回答はわかっていたけれど、年頃の娘が夕飯の支度を当然のように任せっきりなのもどうかと思うので、念のため。

「いいからいいから。あんたはしばらく何もしないで休んどきなって」

湊上に戻って一ヵ月、この質問に対する母の回答はいつも一緒だった。別にもうそれほど体調は悪くないし、何もしてないのも暇なんだけどなあ。

母は、倒れた直後の悲惨な私を見ているせいか、かなり丁重に扱ってくれていた。放任主義で適当なところがある母が、こんなに過保護だったことはいまだかつてなかったと思う。

　さすがに食器洗いや掃除機掛けといった些細なことくらいはやっていたけれど。

「はーい」

　返事をし、ちゃぶ台に置かれていたリモコンでテレビの電源をつける。地方の夕方は、何故どの局もローカル情報番組しか放映しないのだろう。民放が東京よりも一局少ないから、ただでさえ選択肢が少ないというのに。

　ザッピングした後、一番ましに思えた仙台駅近くのおすすめの飲食店を紹介しているチャンネルに合わせた。かといって、今のところ行く予定はない。

　その番組を小一時間ほど見て、天気予報のコーナーになった時に夕飯ができ上がった。思った通り、赤貝の味噌汁だった。ぱかりと開いた貝が溢れんばかりにお椀を占拠している。

　イワシの塩焼きとたことわかめの酢の物も、昔からよく食べていたなあと懐かしむ。

「あんた、今日どこ行ってたの？」

　貝の出汁を堪能していると、母が尋ねてきた。

「あ、あそこ。保護猫カフェ行ってみた」

「そうなの？　なんでまた。あんた、猫なんてその辺にいるから別に行かなくてもいいか、って言ってたじゃない」

「え、あー……。なんとなく、暇だったからさ」

適当に言葉を濁す私。ポン太のことを説明するのは面倒だから、言わないことにしよう。

「ふーん。どうだった、猫たちかわいかった？　何匹くらいいたの？」

「猫……」

そういえば、お店の猫についてはあまり見る余裕がなくて覚えていなかった。あの銀色の猫のことは、印象的だったし会話もしたからよく覚えているけれど。

「い、一匹きれいな猫がいたよー。白くて毛が長くてさ。毛が光ってて、銀色みたいだった」

猫のことを見ていなかったなんて言ったら不自然なので、とりあえず覚えていた猫について言う。

「へー。私は毛が短いのが好きだわー。ブチとか黒とか、いなかったの？」

猫アレルギーのくせに猫好きな母はしつこく尋ねてくる。いたとかいなかったとか嘘をつくのは簡単だが、ここは田舎町。近所のお店の情報なんて、主婦のネットワークですぐに入ってくる。下手なことは言えないのだ。

「えーと……。あ！　そういえば！」

「何」

「お店の人！　すごくイケメンだった！」

「え、ほんと？」

母の瞳が一瞬で艶《つや》めく。何歳になっても、女子は見目麗しい男子が大好物なのである。狙い通り、猫のことは忘却の彼方へと追いやられたようだ。

「どんな人?」

「猫カフェって言っても、和風の建物だったから、それに合わせた作務衣を着ててね。黒い髪で目が切れ長で……。二十代後半くらいかなあ。なんとなく、神秘的な感じのする人だったよ。絶世の美男子だったよー」

「あら〜、いいわね。そういえばケイちゃんがその保護猫カフェによく行くって言ってたわ。別に猫が好きってわけじゃなかったから不思議だったけど、それが狙いだったんだわ」

ケイちゃんとは、母の五十年来の友人である。母もケイちゃんも湊上で生まれ育ち、湊上の男性と結婚した。生粋の湊上人だ。

「あれだけイケメンならねえ……。あの人が目的で通ってる人、多そう」

「私もアレルギーじゃなければ行くのに! あー、残念」

本当に心底残念そうに母が言う。私が高校生の頃に亡くなった父もわりと顔は整っていたから、面食いなんだろうな、この人。

なんてことを、苦笑を浮かべながら思っていると。

「ねえねえ、その人独身なの? この辺若い人少ないんだから、狙ったらいいじゃない。あんたもいい歳なんだからさ」

矛先がいきなり自分に向いてきて、味噌汁を噴きそうになる。

「出たー。田舎のおばちゃんの余計なお世話。無駄に結婚焦らせるやつ～」

顔をしかめて迷惑そうな顔を作り、茶化すように言う。私はもうじき二十五歳だが、東京ではまだまだバリバリ働いている女性が多い年頃である。

しかし、こんな田舎の漁業地区では、他にやることもないのか、都会と比べて結婚がやたらと早い。二十代前半で身を固めないと行き遅れと称され、十代で結婚するのもそれほど珍しくない。

湊上の人たちは大らかだから好きだ。しかし、二十歳を超えてからは「美琴ちゃん、相手はいるの？」と皆が悪気もなく尋ねてくるので、この点だけは閉口してしまう。

そもそも、何故私のような無難な容姿で卓越した能力もない女が、絶世のイケメンに相手にしてもらえると思うのだろうか。

大学時代に友人に誘われて行った合コンで、男子メンバーに陰で「可もなく不可もなく」と評価されていたような私である。

まったく、身内の贔屓《ひいき》目とは恐ろしい。

「何よっ。私はあんたのこと心配して……」

「へいへい、心配ご無用でございますー。ごちそうさまでした～」

母は説教を始めようとしたが、一刻も早くその話を終わらせたい私は言葉を遮って立ち上がった。食べ終えた食器を片手に、そそくさとキッチンへと向かう。

まだ食事中の母は私を追っては来ず、安堵する。

「まったくもう、あの子はあんなだから結婚が……」なんてことをぶつくさ言っているのが聞こえてきたが、スルーである。

そして自分が使った食器を洗いながら、明日ポン太の様子を見に、また猫又へ行ってみようと思った。

ポン太を猫又に託したあくる日に顔を出してみたら、動物病院で検査した結果について透真さんに告げられた。病気もなく至って健康な一歳くらいのオスという診断だった。

人に慣れるため、ポン太はすぐに猫又の営業スペースに置かれることとなった。

一日数時間から慣らしていくとの話だったが、初日から無防備にお客さんの前で大の字で眠るポン太は、すぐにお客さんにかわいがられて過ごすようになっていた。

ずっと外猫だったのに、嫌じゃないの？　とポン太に尋ねてみたのだが。

『別に。ここは寝るところもふかふかだし、ご飯はおいしいし、おやつはにゅーるかうまいかまぼこだし。まあ狭いのが少し嫌かなあ』

なんて、のんびりと言っていた。外で暮らしていた猫は、室内で飼うと脱走したがったり、人が寄ると威嚇《いかく》したりする子が多いようだが、ポン太は猫の中では適応能力のある方だったらしい。

私がよく話しかけていたためか、人慣れしていたのだろう。

そしてポン太が猫又で暮らし始めて一週間ほど経った日のこと。無職ニートという身分の私は、今日も猫又に来店していた。まあ、ここ一週間は毎日訪れているのだけれど。

「ミコちゃーん、よく会うわね」

店内に入ると、座布団の上に友人と座っている、母の親友のケイちゃんに声をかけられた。幼い頃からうちによく遊びに来ていた彼女は、私とも気安い仲なのだ。

彼女とは、ここでは二日に一度くらいの割合で会う。母の言う通り、本当に常連になっているらしい。

「こんにちは。お好きなんですね、ここが」

軽く会釈をしながら言う。ケイちゃんは私が就職で上京したのを知っているはずだけれど、何も聞いてこなかった。恐らく母が事情を話しているのだろう。

そしてケイちゃんに母が話したということは、たぶんもう湊上中に「雨宮さんの娘は東京で体調を崩して退職して出戻ってきた」ということが知られている。

下手にいろいろ聞かれて自分で答えたり、あることないことを噂されたりするよりは、楽だ。田舎の広い情報網に今回ばかりは感謝しかない。

「そうねえ。猫はかわいいしね」

「あら、あなたの目的は猫じゃないでしょう」

友人にすぐさま突っ込まれ、苦笑を浮かべるケイちゃん。視線の先には、彼女の真の目的がテーブルについてパソコンをいじっていた。

「そういうキミちゃんだってそうじゃないのー」

「仕方ないじゃない。あんな美青年がこんな田舎にいるなんて。他の男が芋やかぼちゃに見えちゃうわよー」

「ほんとよねえ」

くすくす笑い合うふたりのマダムに合わせるように、「はは」と適当に笑っておく。

ここ一週間、彼女ら以外にも透真さん目当てで来店したらしい女性を何組も目撃している。

保護猫カフェは、保護猫の譲渡が一番の目的だが、猫好きたちの交流の場でもある。猫好きのお客さんたちが支払ったカフェの料金が、そのまま猫たちのご飯代や病院代などに使われる仕組みだ。

まあ、だから透真さん目当てのお客さんでもお金を落としてくれれば、お店としては構わないはずだ。

私は透真さんの近くの床で丸まっていた、ポン太を眺めると、ドリンクバーからココアを選んだ。

利用料に飲み物代は含まれており、飲み放題のシステムなのだ。猫が零《こぼ》さないように、しっかり蓋はしなければならないが。

ココアを手に持ち、透真さんと向かい合わせになるようにして座る。マダムたちは彼に近づく勇気はないらしい。

透真さんのことは、類まれなるイケメンだなあとは思うけれど、身近な男性とあまりに違いすぎて、恋愛対象というより、モデルや俳優さんを見ている気分だ。

だからなのか、逆に気楽に会話をすることができた。

ココアをすすりながら、畳調のクッションフロアの上で寝そべるポン太をしばらく眺めていると。

「雨宮さん、どうしたんですか？　ぼんやりして」

と、パソコン作業をしていた透真さんに話しかけられた。

今日はボランティアの人が数名、猫の世話をしに来てくれているので、透真さんもそこまで忙しそうではない。私の向かいで、パソコンのキーボードをカタカタと叩いている。

前にパソコンをいじっていた時に覗いたら、このカフェのＳＮＳに猫たちの写真をあげたり、猫の飼育メモを記したりしていた。今回もそんな感じだろう。

ちなみに透真さんとは、来店の度にポン太のことを話していたので、だいぶ親密になれたと思う。

「あ、いえ……。ポン太を引き取ってくれる人はいないのかなあって」

「なかなか見つからないかもしれませんが、ポン太は人懐っこいのでそのうち家族にしたいという人が出てくると思いますよ」

「そうだといいんですけど」

基本的に、子猫はすぐに里親が見つかるのだが、成猫は引き取りの希望は少ないらしい。一歳のポン太はすでに成猫なので、里親が見つかるのに時間がかかるかもしれない。

――まあ、猫又に引き取ってもらえたから、そんなに焦ることはないのかな。いい人と出会って欲しいし。

ポン太とはたった一ヵ月程度の付き合いだけど、既に飼い主のような気分だった。ぜひ、優しい人に引き取られて幸せになって欲しい。

――そんなことを思っていると。

「ポン太！」

声変わり前の男の子の声が、カフェの入口の方から響いた。

声の主は、小学校高学年くらいの男の子だった。彼はランドセルを背負ったまま、入口付近の手洗い場で手を洗ってからアルコール消毒をし、カフェの中へとやってきた。そして一目散にポン太のそばへと行く。

この店は、十歳以下は保護者同伴ではないと入店できないが、十一歳以上なら子供でもひとりで入ることは可能だ。利発そうで、なかなか女の子に受けるような顔をしている彼は、その年齢制限をギリギリ突破しているくらいだろう。

「あれ、あの子は……」

何回か見たことがある。小学生のお客さんは珍しいから、覚えていた。

「ああ、悠太《ゆうた》くんですね」

私の呟きに、透真さんが答えた。

「へー、悠太くんっていうんですか。よく来ますよね」

「そうですね。最近は毎日来ます」

「へえ。猫が好きな子なのかなあ。――って、毎日？」

ここの利用料金は最初の三十分が六百円。延長十五分ごとに三百円。失業前に貯金していたこともあり、大人の私にとってはそこまで痛い額ではない。

しかし、小学生のお小遣いの相場なんて、月に五百円前後ではないだろうか。何故彼は毎日通えるほどの財力があるのだろう。

家がお金持ちで、某ネコ型ロボットアニメのとんがっている子みたいに、月のお小遣いが一万円とか？

まあ他人の家庭の事情なんて考えても仕方ないか。ポン太の背中を優しく撫でている悠太くんを私は眺めた。

何度か見かけていたが、彼はいつもポン太とじゃれ合っている。他の猫を構っている姿はたまにしか見たことがない気がする。

ひょっとすると、ポン太を飼いたいと思ってくれているのかもしれない。これは元

ポン太の相棒として、益々好きになってもらうために魅力を語っておかないと。

私は立ち上がってポン太と悠太くんの傍らまで移動し、腰を下ろした。

「こんにちは！」

「え……あ、こ、こんにちは」

笑顔で挨拶をすると、悠太くんはたどたどしい調子で答えた。内向的で人見知りをする性格のようだ。この年頃の男の子には、よくいるタイプだと思う。

元々子供は嫌いじゃないし、大学生の時に小学生向けの塾で講師のアルバイトをしていたこともあったため、扱いは苦手ではない。

「ポン太のこと、好きなの？」

「……かわいいから」

目を逸らしながらも、ちゃんと答えてくれる悠太くん。かわいらしく思えた。

「そうなんだ！　ありがとうねー、ポン太は私がここに連れてきたんだ」

「……そうなの？」

「うん。外で暮らしていた猫なんだけど、飼い主を探さなきゃいけなくなっちゃって。それで……」

「あ、俺もう行かなきゃ」

話の途中で、悠太くんがいきなり立ち上がって店舗の出口へと向かう。そして急いで会計をすると、出ていってしまった。

あれ、もしかして話しかけられるのが嫌だったかな。嫌われてしまったんだろうか。と、不安に駆られていると。

「あ、気にしなくて大丈夫ですよ雨宮さん。彼には制限時間がありますから」

そんな私に透真さんが声をかけてきた。

「制限時間？」

「さすがに一日三十分以上は居られないようです。いつも三十分きっかりで帰りますから」

「あー、なるほどですね」

それでも、毎日六百円使えるのは、小学生にしてはかなりブルジョワだと思うけれど。

今のところ悠太くんがポン太を一番気に入ってくれている。彼の保護者がどういう考えかはわからないけれど、飼ってくれる可能性が少しでもある限り、彼とは仲良くしたいと思った。マダムたちは当てにならないし。

私はテーブルに再度ついて、飲みかけのココアをすすり始めた。――すると。

「こんにちはー！　いつもの、持ってきました！」

お店の入口から、威勢のいい男性の声が聞こえてきた。その声に妙に聞き覚えがあり、思わず声のした方を向く。

「真田さん、いつもありがとうございます」

「いえいえ、こちらこそ。毎度ありがとうございます」

駆け寄った透真さんと話しているのは、大きな発泡スチロールの箱を持った、二十代半ばの男性。

身長は透真さんとさほど変わらず、百八十センチくらいだろう。短く刈られた黒い髪は無造作に散らしてあり、精悍な顔立ちによく似合っていた。活きのよさそうな光が宿る奥二重の目に、通った鼻筋、薄い唇は、男前と呼んでも差し支えない。今風に言うと、塩顔に分類されるだろう。

最後に会ったのは、高校三年生だったと思う。高校のミスターにも輝いたことのある彼は、六年の歳月を経て、ますます魅力的になっているように見えた。少年のような純朴さを少し残しつつも、大人の色気がふとした拍子に見え隠れする。

「それでは、また来週お持ちします……え……？　ミコ……？」

じっと見つめていたことに気づかれ、彼は私の存在を認めると、目を見開いて驚いたような面持ちをした。

「……百汰」

幼少の時からのあだ名で彼が私を呼ぶものだから、自分も昔のように下の名前で返してしまう。

「おー！　やっぱりミコじゃんか！　東京から戻ってきてるって聞いてたけど、本当にいたんだな！」

百汰は破顔すると、店内に入り私の方へと近寄ってきた。

六年も会っていない疎遠になった幼馴染だというのに、やたら人懐っこい笑みを彼は向ける。人当たりのいい百汰らしい。

「う、うん。久しぶり」

微笑み返したが、頬が自然と引きつる。ぎこちない作り笑いになっているに違いない。百汰は気にしていないようだが。

「お知り合いですか？　ふたり」

透真さんが私たちの近くまでやってきて、尋ねる。

「あ、すみません透真さん。ミコ……雨宮さんとは幼馴染で。久しぶりに会ったんで、思わず勝手に入っちゃいました」

「いえいえ、真田さんなら構いませんよ。へえ、幼馴染ですか」

「真田くんとは家が隣だったので……」

家が隣同士、同い年ということで、幼い頃私たちはよくお互いの家を行き来して遊んだものだった。

高校の途中までは、それなりに仲良くしていたが、ある出来事をきっかけに私があまり彼に近寄らなくなり、そのまま百汰は大学進学と同時に上京し、交流することはなくなったのである。

「それなら積もる話もあるんじゃないですか？　私は仕事してますので、ごゆっくりどうぞ」

にこやかにそう言うと、透真さんはキャットタワーに付いた抜け毛をカーペットクリーナーで除去する作業を始めた。

変に気を遣わなくていいのに。正直百汰とは話しづらいのだ。

しかし百汰は、そんな私の複雑な心情など知る由もなく、気さくそうにこう言った。

「ミコは今は実家にいるのか？」

「うん。仕事辞めてちょっと休息中。百汰はどうして猫又に来たの？」

お客としてではなく、何か商品のようなものを透真さんとやり取りしているようだったが。

「猫のおやつ用のかまぼこを俺の実家で作ってんだよ。猫又さんはお得意様で、週に一回定期便をお届けしてるってわけ」

「猫用のかまぼこ？　そんなのも作ってるんだ。百汰のお父さん、相変わらず商魂たくましいね」

百汰の実家は、真田堂という五代続く老舗のかまぼこ屋だ。私たちが子供の頃は、百汰の祖父が社長をやっており、地元の人が毎日の食卓にあげるようなお手頃価格のかまぼこを販売したり、仙台の土産物屋に笹かまぼこを卸したりなど、地域の特産品を細々と扱うようなお店だった。

しかし、百汰の父が跡を継いだ十年ほど前からは、かなり方向性が変わった。まず、湊上地区の本店と、仙台駅構内の支店だけだった店舗を、徐々に増やしていった。今では全国に二十もの支店があるらしい。

土産用の商品も、定番の笹かまぼこセットだけではなく、子供に人気のキャラクター型のものや、アニメとコラボしたパッケージを使ったものなどを販売し、バラエティ豊かになった。

WEBサイトも立ち上げ、全国からの注文・発送を受け付けるようにもなり、最近では海外からの注文も取り扱っているとか。ヘルシーなかまぼこは日本食を好む外国人に好評らしい。以前に百汰の父がローカルテレビ番組に出演した時に、言っていたのを覚えている。

そんな噂は聞いていたけれど、まさか猫用のかまぼこまで作っていたなんて。

確か百汰は、高校卒業後は上京し、東京の大学の食産業学部に進学したはず。幼い頃からかまぼこ屋の跡継ぎになると自分でも言っていたし、現在の様子から見ても、夢に向かって着実に進んでいるのだろう。

まあ、お店もかなり大きくなり軌道に乗っているようだし、将来も安泰《あんたい》そうだ。

「そういうこと。ってかさ、ミコ」

「え？」

突然百汰がマジマジと私を見てきたので、少し照れてしまう。

「なんかミコ、雰囲気変わったね」

「そ、そう？」

私に視線を合わせながら言った百汰の言葉は、まったく予想していなかった内容だったので狼狽《うろた》えながらも首を傾げる。

「なんか大人っぽくなったっつーか？　東京に行って垢抜けたのかなあ」

「え、ほんと？」

「高校の時は妹みたいな感じだったけど、今は妹感ないわ。はは」

「…………」

垢抜けたという言葉に喜んだのもつかの間。「妹みたい」という私にとっての地雷ワードを彼が容赦《ようしゃ》なく踏んできたので、思わず押し黙る。

私は百汰のことが、幼い頃からずっと好きだった。初恋の相手だった。

彼は私に対して常に優しくて、おおらかだった。我儘《わがまま》で泣き虫で、いつも後ろをついて回っていた私に、彼はいつだって穏やかな笑みを向けてくれていた。「仕方ないなあ、ミコは」と、言いながら。

しかし高校生になった頃、周囲からは惚れた腫れただの、誰と誰が付き合い始めただの、浮ついた話ばかりが聞こえるようになった。単純な私は触発されて、百汰といい関係になれたらな、告白してみようかな、と純情なことを日々考えていた。しかし、幼馴染として仲良くできていたから、下手なことをしてこの関係が壊れてしまわないかと不安にもなった。

そんなこんなで躊躇《ちゅうちょ》している時だった。

たまたま委員会の用事があって遅くまで学校に残った日のことだった。仕事を終わらせて下校しようと廊下を歩いていたら、百汰のクラスから男子たちの話し声が聞こえてきたのだ。

普段なら気にも留めずに通り過ぎるところだけど、聞こえてきたのが百汰の声で、微《かす》かに「ミコ」という私のあだ名が聞こえてきた気がしたため、私は立ち止まりこっそり中の様子をうかがった。

教室内では、数人の男子の姿。意中の相手である、真田百汰の姿ももちろんあった。彼らは一様にニヤついた顔をしていた。色恋沙汰の話をしていると直感した。

男子のひとりが、百汰に向かってこう尋ねた。

「えー、違うのかよ。だってお前ら仲いいじゃん」

「だから違うってば。ミコは本当に幼馴染ってだけ」

「ほんとかよ？　悪くないじゃん雨宮さん」

「まあ、かわいいところもあるけどさ。小さい頃からずっと一緒だから、そういう風に見れねえよ。妹みたいにしか」

「そういうもんかねー。じゃあどういう子がいいんだよ」

「んー。背が高めでスラッとした子」

そこまで聞いたところで堪えられなくなり、私はその場から逃げるように立ち去った。

そう、私の恋は、自分の想いを打ち明ける前に粉々に砕け散ってしまったのだ。

漫画やドラマでよくあるような、本当は私のことを好きだけど照れ隠しのために百汰が誤魔化した線は、そのあとすぐに消滅した。彼はこの出来事の直後に、背が高めでスラッとした先輩の女の子と付き合い始めてしまったのである。

紛うことなく、私は彼にとって妹でしかなかったのだ。

その後、私は百汰を意図的に避けるようになった。美人の彼女とよろしくやっていた彼は、そんな私のことを気にも留めていなかったのか、または妹だから放っておいても大丈夫と思っていたのかは知らないが、彼の方から私に構う頻度も極端に減った。

今現在、曇りのない微笑みを私に向けているということは、百汰はきっと何も知らないのだ。私が彼に恋をしていたことも、勝手に失恋したことも、疎遠になったことにそれらの理由が隠されていることも。

だけどそれならそれでいい。もう昔の話だ。今の百汰も魅力的な青年ではあるが、さすがに初恋をいつまでもこじらせるほど私ももう子供ではない。大学時代、一応人並みに恋愛を経験した私は、百汰のことは潔く過去の淡い思い出にできそうだった。

そういえば、百汰ももういい歳（あくまで田舎基準で）なのにまだ結婚をしたという話は聞かない。しかし、老舗のかまぼこ屋の跡取り息子なのだから、結婚を誓い合っている相手くらいすでにいるんじゃないだろうか。

まあ、もう私には関係のないことだが。そんなことより、妹感がなくなったという彼の言葉は、喜んでもいい事柄ではないのか。

「東京でもまれてきたからね。そりゃ少しは大人っぽく見えてくれなきゃ困るよ」

私は得意げに笑って言った。

「それもそうか。あ、ところでさ。さっき店から出てった子。あれって悠太くんだろ？」

「え、悠太くんのこと知ってるの？」

ポン太の飼い主候補の話が百汰から出てくるとは思わず、私は目を丸くする。

「うん、あの子一年くらい前にここに引っ越してきた子でさ。お父さんが、リゾート会社の経営者なんだけど」

「……へえ」

だから小学生らしからぬ財力をお持ちなのか。

「湊上のビーチをもっと人が来やすいように開発するとか、海浜プールを作るとか、そういう計画があって。俺も父さんに連れられて、悠太くんのお父さんと仕事の話をしたことがあるんだ。すごく人が良さそうなお父さんで、湊上が活性化するのはいい話だし、反対意見もなくて計画は進められてるんだけど」

「へー、知らなかった」

確かに湊上は海も綺麗だし、仙台駅から車で三十分程の距離という立地も、リゾートには持ってこいだ。今は知名度が低く、民宿が数軒あるだけだから、旅行で訪れる人は少ないようだが。

「でさ。悠太くんのこと、俺気になってるんだよね」

百汰が顔を曇らせて言う。

「え？」

「お父さん、仕事熱心すぎて悠太くんにはあんまり構えていないみたいで。お母さんは湊上に来る前に、病気で亡くなってしまったらしいし……。よくひとりでうろうろしてるんだよね」

「ひとりで……そうなんだ。ここにはよく来るよ」

「うん。大人しそうな子だから、友達もうまく作れてないのかも。猫カフェに来るってことはお小遣いは結構貰ってるんだと思うんだけど、なんだかねえ……。あ、まあわかんないけどさ。俺の勝手な推測だから」

途中まで心配そうに話していた百汰だったが、ぎこちなく微笑んだ。

仕事で顔を合わせただけの人の子供なんて、百汰にとっては他人以外のなんでもないが、それでも心配している優しさがいかにも百汰らしい。よく見かけるから、どうしても気になってしまうのだろう。

また猫又で会ったら悠太くんと話してみようと、私は思った。

そのあと、百汰は真田堂に戻っていった。六年以上途絶えていた百汰との繋がりの復活。初恋の微かな残りカスにより、少しだけそわそわした。ほんの少しだけ。

次の日の午後、猫又をまた訪ねると、すでに悠太くんは来店していた。座布団の上で丸くなっているポン太の傍らにあるちゃぶ台で、ノートと教科書を広げて宿題らしきものに取り組んでいる。

近寄ってみたが、勉強中に話しかけたら悪いかなあと、私が迷っていると。

「あ……。ポン太のお姉さん」

近くに立つ私に気づいたのか、悠太くんの方から声をかけてくれた。

ポン太を猫又に連れてきたお姉さんという意味だと思うけど、ポン太のお姉さんという表現に私はクスリと笑う。

「こんにちは、悠太くん。本当にここが好きなんだね」

「――うん。猫、好きで」

はにかんだように小さく微笑んで悠太くんが言う。私がポン太を連れてきたと昨日説明したからか、あまり警戒しているそぶりはなかった。

私が悠太くんと対面する形でちゃぶ台につくと、その気配を察したらしいポン太がまぶたをうっすらと開けた。

「ポン太ー、おはよう」

悠太くんがポン太の顎を優しく撫で始める。子供が動物を触る時にありがちな、乱雑さやたどたどしさは見受けられない。猫の扱いをわかっている人の撫で方だった。

『子供だけど、こいつの触り方はそんなに嫌じゃないんだ。猫と暮らしてるんじゃないかな？』

気持ちよさそうに目を閉じて、撫でられ続けているポン太がそう言った。

「悠太くん、猫飼ってるの？」

私がそう尋ねると、彼は相変わらずポン太を愛でながら答えた。

「昔飼ってたよ。ポン太と似たような模様のトラ猫」

「昔？」

「湊上に引っ越す前に死んじゃったんだ」

口調も変えずにあっさりと言われ、虚を衝かれる。

「え……ごめん」

「別にいいよ。母さんが父さんと結婚する前から飼ってた猫だから、すごく長生きだったんだ。ダイオウジョウだなって父さんが言ってた。それっていい死に方なんでしょ？」

「まあ、そうだね。理想的だね」

「うん、父さんもそんな感じのこと言ってた。その猫、俺と父さんにもよく甘えてきたけど、一番母さんに懐いていた。母さんが病気で亡くなったら、すぐに死んじゃったんだ。きっと、母さんを見送るまで頑張ってたんだなって思った」

「――そうなんだ」

この前、「悠太くんのお母さんは亡くなってしまっているらしい」と百汰が言っていたことを思い出した。

まだ小学生なのにと思っていたのだけど、今の話からすると、悠太くんはお母さんも猫も同じくらいの時期に失ってしまったことになる。

その猫と似ているらしいポン太を、悠太くんが気にするのも無理はない。

「父さんはさ、生き物の命がいつかなくなるのは仕方ないことだから、いつまでも悲しまないで、今までありがとうって気持ちで送ってやれってさ。まあ、死んじゃったのは悲しいけど、また猫飼いたいな」

悠太くんのお父さんがそう言った時のことを考えると、ひどく切なくなった。お父さんはどんな気持ちで息子にその言葉をかけたのだろう。

最愛の妻とかわいがっていた猫を失い、彼も深い辛さを感じたはずだ。

だけど、嘆き悲しんでばかりはいられなかったのだと思う。これからは、お父さんひとりで悠太くんを守っていかなければならなかったのだから。

お父さんはもしかしたら、自分に言い聞かせる意味も込めて、悠太くんにその言葉をかけたのかもしれない。

悠太くんがポン太の喉を撫でると、ゴロゴロと低い音が響いてくる。ついには身をよじらせて白いお腹を見せつけてきた。悠太くんが嬉しそうに微笑む。

悠太くんは、「猫を飼いたいな」とはっきり言っていた。それならポン太でいいじゃないか。昔猫を飼っていた家庭なら、お父さんとしてもOKなはず。

「また猫と暮らしたいなら、ポン太がぴったりなんじゃない？　ポン太だって、悠太くんを気に入ってるように見えるけど」

期待を込めて尋ねたが、悠太くんは寂しげに表情を曇らせた。

「父さんいつも忙しそうで……。まだ飼っていいかどうか聞いてないんだ」

「そうなんだ」

やっぱり、悠太くんのお父さんが多忙という百汰の話は本当のようだ。猫を飼うとなると、お父さんの協力も必要になってくるので、忙しい姿を見ている悠太くんとしては言いづらいのだろう。

あまり話す暇もないような親子関係。やはり悠太くんは、そんな日常に寂しさを感じているのではないか、と私は少し切なくなる。

「でも、今度父さんが休みの日に言ってみようと思うんだ」

「そっか。飼えるといいね」

私は顔を綻ばせる。

今のところポン太を飼ってくれそうな人は悠太くんだけだし、小学生にしては落ち着きがあるからちゃんとお世話もできるだろう。是非お家に迎えて欲しい。

「あ、やばい。もう行かなきゃ俺」

カフェの壁に備え付けられた猫型の掛け時計を見て、悠太くんが慌てて立ち上がった。

「そういえば、一日三十分しかいられないんだっけ？　透真さんに聞いたんだけど」

「うん。早くポン太を引き取れればいいなあ。そうすれば、家でずっと一緒にいられるようになるし」

名残惜しそうにポン太をしばらく見つめたあと、悠太くんはカフェのカウンターで会計をし、退店した。

はっきりと本人から聞いたわけではないが、悠太くんはお父さんと触れ合えないことに寂しさを覚えているのではないだろうか。

——猫が好きで、昔の猫と似ているポン太と会うことで、悠太くんはその寂しさを紛らわせている。亡くなった母親の面影も重ねながら。

今日の悠太くんの様子を見て、私はそんな風に彼の心情を想像したのだった。

それからしばらくの間、私は毎日猫又に来たが、その度に悠太くんの姿があった。

彼は、毎日きっかり三十分で帰ってしまうけれど、ポン太のことや昔飼っていた猫のことなどで、私と気さくに話してくれるようになった。だいぶ打ち解けてきたと思う。

しかし、お父さんの話を彼がすることはなかった。ポン太の今後のこともいまだに聞けずにいるようだ。

お父さん、ポン太を飼うことを許してくれないかなあ。悠太くんは年齢の割にしっかりしているし、ちゃんと世話もできるだろうから。

愛おしそうにポン太を眺める悠太くんを見る度に、私はそう思うのだった。

そんな日が一週間ほど続いたある日、私がいつものように猫又に赴くと。

「どうしてもダメですか？　ポン太を俺の家で飼いたいんです」

入口カウンターで、透真さんと向き合って深刻な顔でそう訴えている悠太くんの姿があった。

「すみません、さっきも説明した通りです。ポン太を飼いたいという気持ちは嬉しいんですけど、未成年の方には猫をお譲りすることはできないんですよ」

透真さんは優しく、少し困ったように笑って言う。そしてこう続けた。

「保護者の方に一度来てもらって、いろいろな書類にサインしてもらう必要があります。お父さんの同意は取れていますか？」

「同意……。と、父さんはいいって言ってます！」

少し狼狽えたような様子で言う悠太くん。明らかに嘘とわかるその口ぶりに、透真さんは小さく嘆息する。

まだお父さんには話していないか、それとも反対されたか。そのどちらかだろう。

「だから俺が書類ってやつにサインしますから！　それならいいでしょ!?」

必死な顔をして訴える悠太くんに、切なさを覚えてしまう。ポン太と悠太くんは両思いなのだから、「いいよ」とつい言ってあげてしまいたくなる。

――しかし。

「悠太くん。猫は生き物なんですよ」

透真さんは少し屈んで、悠太くんと視線の高さを合わせて、優しく諭すように語りかけた。

「命があるものだから、責任ある大人の方に、『しっかり一生大事にします』、って約束してもらわない限り、譲ることはできないんです。もちろん、悠太くんがちゃんと世話をしないと思っているわけではありません。ただ、そう決まっているんです。例外を出すわけにはいきません。生き物を飼う、というのは、そこまで気をつけていただかないといけないということなんです」

「………………」

悠太くんは無言で俯《うつむ》いてしまった。そしてしばらくして、「帰ります」と小さい声で言うと、猫又から出ていってしまった。

ポン太を飼わせてあげたいけど、親類でもないただ時々会うお姉さんという立場の私には、どうすることもできない。

『悠太、いつもすぐ帰っちゃうよね』

その後ポン太にぼそりとそう言われて、やるせない気持ちに支配されたのだった。


そのあくる日のことだった。昼食の後、母とのんびりとワイドショーを見た後に数時間昼寝をしてしまった私は、いつもより少し遅めの十六時過ぎに猫又へと遊びに行った。

しかし店内に入るなり、慌ただしい気配を察知し、私は入口すぐのカウンターの前で立ち尽くす。

中を覗くと、透真さんが立ったままパソコンの画面に向かい、アルバイトの静香《しずか》さんが青ざめた顔で名簿らしきものをめくっていた。どうやらお客さんはいないようだ。

「何かあったんですか？」

中へと進みそう尋ねると、透真さんが私の方を向いて、こう答えた。

「ポン太が行方不明なんです」

「え……？」

驚きのあまり掠れた声を出してしまう。だってポン太は、今は猫又で飼われている、完全なる室内猫である。野良猫や地域猫なら行方不明になる可能性は十分にあるけれど、室内で飼われているポン太がいなくなるなんてこと、あるのだろうか。

——考えられるとしたら。

「だ、脱走したってことですか？」

もしかすると、外での自由な暮らしに戻りたくて、何かの拍子に逃げてしまったのだろうか。そう思ったけれど、透真さんは首を横に振った。

「少し前まではいたんです。悠太くんと遊んでいました。だけど、私が裏の部屋で作業をしている間に、悠太くんとポン太の姿がなくなっていて」

「えっ？　じゃあ悠太くんがポン太を連れていっちゃったってことですか？」

ポン太のことをかわいがってはいたが、そんな強引なことをするような子には思えなくて、にわかには信じられなかった。

「実は今日、ポン太のことをすごく気に入って家に迎えたいという方がいたんです」

「えっ、そんな方がいたんですか？」

ポン太の保護者気分の私にとっては嬉しい話のはずだが、悠太くんがかわいがっている姿を見ていたためか、素直に喜べない。

ポン太は悠太くんに飼って欲しい——すでに私は、そんな思いを抱いていたのだ。

「ええ。それでその方と先程まで、ポン太をトライアルする話をしていたんですよ」

トライアルとは、保護猫を引き取る前のお試し期間のことだ。引き取りたい猫と二週間ほど家で過ごしてから、お迎えするかお迎えしないかを正式に決めてもらうというシステムだ。

この期間に、先住猫がいる場合は相性のチェックや、猫が家庭に馴染めそうかなどを判断してもらう。トライアルをせずに引き渡してしまうと、猫が合わない環境で一生を過ごすことになってしまう可能性もあるので、絶対に必要なことなのである。

「もしかして、その話をしている時に悠太くんってお店にいましたか？」

「――いましたね。聞いていたと思います。トライアルは三日後から開始するという話も引き取り希望の方としたのですが、その時は近くでウロウロしていた覚えがあります」

「なるほど……」

つまり、ポン太のことを大好きな悠太くんは、他の人に引き取られてしまうのが嫌で、誘拐騒動を起こしているというわけか。

「悠太くんがポン太のことを気に入っているのは知っていましたけれど、まさかこんなことをするなんて」

透真さんが困ったように言う。しかし、悠太くんとよく話していた私は、彼が強い寂しさを抱いていて、ポン太が心の拠り所だったことを知っていた。

私がその場にいたら、誘拐の阻止くらいはできたかもしれない。状況的に悠太くんは、猫を飼える環境にないらしいから、残念ながらポン太は諦めてもらうしかないけれど。

「とりあえず早く悠太くんとポン太を見つけないとですね……」

私の言葉に、透真さんが頷く。

「ええ。しかし、会員カードに書かれていた悠太くんの家はここからすぐ近くだったので行ってみましたが、不在でした。居留守の可能性もありますけど」

確かに、ポン太を家に連れ帰ったのならば、透真さんが訪ねたところで悠太くんがドアを開けるはずはない。

「ごめんなさい……。私が見ていなければならなかったのに……」

すると、アルバイトの静香さんが今にも泣きだしそうな顔をしながら言った。

二十代後半で、猫又ではもう一年以上働いていると前に言っていた。勝手知ったる猫又なので、きっと透真さんが別室にいる間に、店内を見ているように頼まれたのだろう。

透真さんは、そんな静香さんに対して首を横に振る。

「いいえ、まさか勝手に連れ出すなんて思いませんからね。他の猫の様子も見なければならないし、仕方ありませんよ」

優しく言葉をかける透真さんだったが、静香さんは憔悴した面持ちのままだ。彼女は大の猫好きだし、悠太くんにもよく笑顔で話しかけていたから、彼らのことを心底心配しているのだろう。

「それで、今から会員情報に記載《きさい》されている悠太くんのおうちに電話するところなんです。ご家族の方がいれば電話には出てくれると思いますし。——あ、あった」

パソコンのデータから悠太くんの情報を見つけたらしく、透真さんが彼の自宅の番号に手にしていたスマートフォンで電話を掛けた。——しかし。

「……不在ですね」

何回か掛け直したけれど、繋がらないらしい。悠太くんのお父さんは多忙を極めているという話だったから、そんな予感はしていた。

「ど、どうしよう透真さん。ポン太が……」

だんだん焦ってきた私。ポン太は悠太くんに懐いているとはいえ、猫なのである。猫は気まぐれで我が道を行く生き物。

何かの拍子に悠太くんの手から離れ、どこかに行ってしまったら。野良猫と間違われて、猫嫌いの人に捕まってしまったら。交通事故にでもあったら。

「とりあえず悠太くんのお父様と話したいですね。彼のいる場所に心当たりがあるかもしれませんし。だけど、連絡がつかないんじゃ……」

「こんにちはー！　いつもの持ってきました……って、どうしたんですか？」

困っていると、入口の方から聞き覚えのある声が響いてきた。見ると、そこにいたのはやはり百汰だった。猫用かまぼこの定期便の配達だろう。

百汰も、私たちのただならぬ様子に何らかの異変を感じ取ったようだ。

「百汰。実は悠太くんが大変なことを起こしちゃって」

「え？　何？　ついさっき悠太くんのお父さんとは仕事の打ち合わせで会ったよ。何があったの？」

「百汰！　悠太くんのお父さんの連絡先知ってる？」

「え？　し、知ってるけど」

百汰に詰め寄りながら尋ねると、私の勢いに気圧されたようで、引き気味に答える。

「知ってますって！　透真さん！」

「それはよかった。すみません真田さん。悠太くんのお父さんに連絡してもらえませんか？　実は、悠太くんがうちの猫を一匹誘拐しちゃったかもしれないんです」

「ゆ、誘拐？　それは大事《おおごと》ですね！　はい、すぐに電話します！」

そう言うと、百汰はスマートフォンを取り出して電話を掛けてくれた。すぐに繋がり、「すみません、息子さんのことで、保護猫カフェの方がお話があるそうです」と百汰は伝えると、透真さんと電話を代わった。

「――ええ。そうなんです。……はい、猫を。そうですか、わかりました。お待ちしております」

悠太くんのお父さんと話し終えた透真さんが、電話を切った。

「お父さん、なんて言ってましたか？」

「残念ながら、場所に心当たりはないそうですが、仕事を早退してすぐにこちらに来てくださるそうです」

「そうですか……」

お父さんなら、場所の見当がつくかと思ったのに。落胆《らくたん》する私だったが、こちらに向かっている間に何かを思いついてくれるかもしれない。

「俺、急ぎの仕事あって店に戻らないといけないから行くけどさ。本当にヤバそうなら連絡しろよ」

透真さんにスマートフォンを返してもらいながら、百汰が神妙な面持ちで言う。そして私が頷くと、百汰は名残惜しそうに猫又から出ていった。

心から心配している様子だった。あのお人好しのことだから、仕事さえなければ悠太くんを捜すのを手伝ってくれたに違いない。

そしてお父さんが到着するまで、静香さんに接客を任せ、私と透真さんは一緒にお店の周囲を捜したけれど、収穫はなかった。

それから一時間弱ほど待つと、猫又に悠太くんのお父さんがやってきた。

年齢は四十歳前後だろう。ビジネススーツをかっちりと着こなした、悠太くん似で長身のナイスミドルだった。大急ぎで来てくれたようで、息を切らしている様子だ。

「こ、この度はうちの息子がご迷惑をかけて申し訳ありません……。一度自宅に戻りましたが悠太はいませんでした。なんとお詫びしたらよいか」

　慌てた様子で非礼を詫びる悠太くんのお父さん。顔色があまり良くなく、憔悴しているように見える。悠太くんを思って気が気じゃないということは一目でわかった。

　忙しくて悠太くんにあまり構ってないという話も聞いたが、今の様子を見ると子供に無関心な親という印象は受けない。単純に多忙で、一緒に過ごす時間が少ないだけなのかもしれない。

「いえ……それより、悠太くんがどこに行ったのか、本当に見当つきませんか？」

　透真さんの問いかけに、お父さんはしばらく黙考したのち、こう答えた。

「――いえ。最近は忙しくて、あまり悠太と一緒には過ごせていなくて……恥ずかしい話本当にわからないんです。成績も良くて、言うことも聞く素直な子で……。今まで問題を起こしたことなんてなかったのに、まさかこんなことをするなんて」

　お母さんと猫を亡くし、お父さんと触れ合う機会も少なく、寂しさを紛らわすために猫又に通っていた悠太くん。

　しかし彼の落ち着いた様子から考えると、お父さんにその本音を一切言えてないのだろう。忙しいお父さんを困らせたくないという思いがあったのではないかと思う。

　そして、お父さんの様子から察すると、悠太くんが孤独に苦しんでいたことを、知る由もなかったようだ。

　――なんとなく、少し前の自分のことを思い出してしまった。

上司にいくら辛辣《しんらつ》なことを言われても、営業先で罵声をあびせられて胃がキリキリと痛んでも。母にも友人にも言えなかった。

心配かけたくなかったし、意気揚々と上京したのにも拘わらず、ハズレの会社にあたってしまい、惨めに思われてしまうような気もして。

目が覚めたら世界が壊れていてくれないかなとか、私の中に誰かが入って代わりに働いてくれないかなとか、ありえない願望すら抱くようになった。しかしもちろん、そんなことは起こるはずもなく。

誰かに、何かに助けを求めればよかったんだと思う。しかし声を上げることにだってパワーは必要なのだ。あの頃の私には、そんな力は欠片も残っていなかった。

ちゃんと口に出さないと、思いは伝わることなんてない。いくら親しい間柄でも、人の心なんてわかるわけはない。

私はすべてを内に閉じ込めて耐えているうちに、壊れてしまった。精神的にも肉体的にも、文字通り。

お父さんに本心を言えない悠太くんが、少しだけ重なる。

「どこ行ったんだ……猫なんてさらって。事故や事件に巻き込まれてないだろうな……？」

青ざめた顔をし、掠れた声で言う悠太くんのお父さん。心から悠太くんのことを心配している。しかし、すれ違ってしまっているふたり。

――早く悠太くんを見つけないと。お父さんと話をさせないと。

「とにかく、心当たりがないのならしらみ潰しに捜すしかないですかね」

透真さんの言葉に私は頷く。悠太くんのお父さんは力なくうなだれた。

「申し訳ありません。大変なご迷惑をおかけして……」

「いえ、とりあえずそういう話はあとです。手分けをして捜しましょう。雨宮さん、お手伝いお願いできますか？」

「もちろんです！」

そういうわけで、再び静香さんに店番を任せ、悠太くんのお父さんと透真さんと共に、悠太くんとポン太の捜索を行うこととなった。

ポン太をおびき寄せるためのおやつや、捕獲した時に入れる用のキャリーケースを持って。

無事に見つけることがまずは先決だ。しかし、見つけたところでこの親子の問題が解決するわけではない。

その先のことを考えると、胸がちくりと痛んだ。


「ねえ！　猫を抱っこした十歳くらいの人間の男の子見なかった⁉」

民家の植木鉢の中に、ぴったりと収まっていたメスの三毛猫に向かって尋ねる。すると彼女は、少し迷惑そうに片目だけ開けると、

『さっき海の方へ走っていったわよ』

と、気だるげな声で教えてくれた。「ありがとう！」と、私は早口でお礼を言うと、さざ波が聞こえる方へと駆けていく。

悠太くんがポン太を連れ去ってから二時間ほどが経過し、すでに辺りは薄暗くなり始めていた。暗闇の中での視覚は、人間よりも猫の方が圧倒的に優れている。

自分のこの能力が、猫とのたわいのないお喋《しゃべ》り以外で、初めて役に立っている気がした。

湊上には結構な数の外猫がいるが、帰郷してからそのほとんどと顔見知りになれたと思う。伊達《だて》に毎日散歩しているニート様ではないのだ。

ここまで何匹かに悠太くんのことを尋ねたけれど、みんな私を見て「ああ、例の言葉がわかる変な人間か」と、警戒する素振りは見せず、『見てないよー』とか『向こうに行った気がする』とか、気安く教えてくれた。

「猫を抱いた男の子見なかった⁉」

船着場でうろうろしていた白黒ブチのオス猫に尋ねる。

『おう、なんだいつものねーちゃんか。男の子なら今さっき見たぜ』

漁師からのお恵ものだろうか、魚を咥《くわ》えながらもワイルドな口調で答えてくれた。

「どこで？」

『ここからまっすぐ行ったとこ。波止場の先だ』

「さんきゅー！」

言われた通りに、急いで波止場の方へと向かう。――すると。いた。悠太くんだ。

夜目の利く猫に協力してもらうという、通常ではありえない裏技を駆使したからだろう。波止場の先にいる悠太くんの周囲には誰もおらず、私が一番に彼を見つけることができた。

砂浜にほど近い波止場。何年かに一度は、水難事故が発生するため、絶対に近づくなと大人は口を酸っぱくして言う。しかし、禁じられれば禁じられるほど、子供は興味を抱いてしまうものなのだ。

そういえば私も小さい頃、ここでよく遊んだ記憶がある。停泊している漁船に無断で入ったり、釣りの真似事をしたりして。

ひょっとすると、悠太くんも同じようなことをしていたのかもしれない。わからないけれど、子供が緊急時の逃亡先に選ぶなら、普段遊び慣れている場所にすると思う。

少し離れた場所から見つめる私にはまだ気づいていないらしい。悠太くんはあぐらをかき、暗くなりつつある海を見据えていた。彼の膝の上に、ポン太が顎を乗せてスヤスヤと眠っている。

とりあえず、ポン太が悠太くんの元に留《とど》まっていてくれたことに私は安堵した。気まぐれな猫が、二時間も人間のそばを離れないなんて驚くべきことだ。それほどポン太が彼に懐き、信頼しているということだろう。

すぐに透真さんに連絡しようとスマートフォンを手に取ったが、思い直してポケットにしまう。

「悠太くん、戻ろうよ」

ゆっくりと歩み寄り、何気ない口調で言った。咎《とが》めるわけでも、宥《なだ》めるわけでもなく。いつも猫又でポン太の話をする時と、同じような口調で。

悠太くんはびくりと一瞬肩を震わせると、座ったまま恐る恐る振り返った。

「——お姉さん」

少し安堵したように言った風だった。猫又の従業員でも、保護者でもない私だったから、叱責される可能性が低いように思ったのだろう。

「戻ろうよ」

もう一度言う。すると悠太くんは俯いた。私は彼の隣に腰を下ろして、海を眺めた。しばらくお互いに何も言わない。潮騒の音のみが場に流れた。

「ポン太と一緒にいたいんだ」

頭《こうべ》を垂れたまま、か細い声で悠太くんが言う。ふと彼の方を見ると、膝の上では相変わらずポン太が眠っていた。時々ピクピクと、前足の先や耳を動かしている。

「どうして？」

「猫が好きだから」

「それだけ？」

「え？」

「お父さんのこと、関係ある？　見当違いだったらごめんね」

私がそう言うと、再び押し黙る悠太くん。私は海の彼方に視線を合わせた。小さな離島の先に、白い船がゆっくりと漂っているのが見えた。

「――あのね。自分の思いを言わないと、相手が傷つくこともあるみたい。私も最近知ったんだけどね」

勤務中に倒れて病院に運ばれた時に、駆け付けてくれた母の涙。あれを見た瞬間、ひどく心がざわついた。私はなんてことをしてしまったのだろう、と。

大切な人が辛い思いをしている時に、見過ごしてしまうと。何もできず手遅れになってしまうと。後で己を責めることになってしまうんだ。

どうして私はあの時、気づかなかったんだろう。

「それにね。ちゃんと言わないと、お父さんには何も伝わらないんじゃないかと思う」

悠太くんのお父さんは、彼を愛していないわけじゃない。

ただ今は、別の重要なことに気を取られていて、彼の変化を感じる余裕がないのだろう。

「俺……」

悠太くんが何かを言いかけた、その時だった。

「悠太！」

背後から、そう叫ぶ声が聞こえてきた。慌てて振り返ると、必死な形相で駆け寄ってくる悠太くんのお父さんの姿があった。

私の傍らにいた悠太くんは、勢いよく立ち上がると、海の方に向かって走り、防波堤の先で止まる。

眠っていたところいきなり持ち上げられたポン太は、半眼で不機嫌そうな顔をして『ちょ、なんだよいきなり』なんて言っている。

「悠太！　何やってるんだ！　猫なんて連れ出して皆に心配をかけて……！　何があったんだっ？」

悠太くんのお父さんは、怒鳴るとまではいかないけれど、声を荒らげる。心配の気持ちと、周囲に自分の息子が迷惑をかけてしまった苛立ちが、入り混じっているのかもしれない。

悠太くんはお父さんの様子を見て一瞬震えたようだったが、何も答えない。

「とにかく！　猫は早くお店に返しなさい！」

そんな悠太くんに、彼の父は近寄りながら言った。――すると。

「近寄らないで！　それ以上こっち来たら、海に飛び込むからっ」

お父さんを真っ向から睨みつけ、とんでもないことを言い出した。

『え、それ、俺も一緒じゃないよね？』

悠太くんの腕の中のポン太が、戸惑った調子で言う。そしてもぞもぞと動き出した。

まずい、どうやら脱出しようとしているらしい。

「ポン太！　ちょっ、あの、にゅーる！　それかかまぼこっ。あとであげるから、大人しくしててっ！」

せっかく見つけたというのに、どこかに逃げられては困る。私は咄嗟にそう言ってしまった。言ったあとに、「あ、猫と普通に喋っちゃった」と我に返ったが、内容的にギリギリセーフだと思いたい。

ポン太は少し不機嫌そうな顔をした後、動きを止めた。おやつに釣られて留まることを了承してくれたらしい。よかった。

――そんなことをしていると。

「ゆ、悠太？」

本気で飛び降りるとは思えなかったけれど、そう言われてしまえば不用意には近づけないようだった。悠太くんのお父さんは、私の傍らで足を止める。

「ポン太を飼いたいんだ。ねえ、いいでしょ父さん！」

「そ、それは。忙しいからダメだって言っただろう？　お前もまだ世話は難しいだろうし……」

「世話するもん！　だから飼わせてよっ」

「ダメだ！」

「どうして⁉　前は猫を飼ってたじゃん！　何でポン太はダメなんだよう！」

必死に叫ぶ悠太くん。するとお父さんが何故か気まずそうな顔をして息子から目を逸らした。しかしすぐに再び悠太くんに視線を合わせる。意を決したような顔に見えた。

「……悠太、何度も言っているが、もう家では猫は飼えないんだ。前の子が死んだ時、悲しくて辛くて、みんなで泣いただろう？　その猫を飼ったら、いつかお前はまた同じ思いをすることになるんだよ」

お父さんは宥めるような口調で悠太くんに言う。

かわいがっていたペットを亡くした人が、次の子を迎えることに踏み切れないことが多いという話は、私も聞いたことがある。

——大好きで心から愛していたからこそ、別れが辛すぎる。かつてない喪失感が彼らを襲う。新しい子を迎えたところで、昔一緒にいた子とは違う。

そんな悲愴感に支配されるため、次の子を考えることはできないのだ。

お父さんがポン太を飼うことに首を縦に振らないのは、そんな気持ちがあったからだったのか。

また、ひょっとすると猫と同時期に亡くした最愛の奥さんのことも関わっているのかもしれない。猫を見ると彼女を思い出してしまうとか。

「いやだ……。だって、俺は……」

悠太くんが、絞り出すような声で言った。俯き加減で表情はよく見えないが、唇をギリギリと噛み締めているように見える。

――すると。

ぺろりと、悠太くんの顎をポン太がひと舐めした。彼は、驚いたように目を見開く。ポン太は彼を見つめてにゃん、と短く鳴く。

『どうしたんだ？　とりあえず飛び降りんのはやめようぜ』

軽い調子でポン太が言う。もちろん、その言葉は私にしか届いていないだろう。しかしそのガラス玉のような瞳は、悠太くんにまっすぐ向けられている。猫にだって感情がある。人を思いやる心も。大切な人間を元気づけようとする気持ちだって。

少し顔を上げた悠太くんと、ふと目が合った。切なげな光を宿している双眸《そうぼう》。私は彼に向かってゆっくりと頷いた。瞳に先程彼に伝えた言葉を込めて。

すると悠太くんの瞳から、大粒の涙が溢れ出てきた。ダムが決壊したかのように、どんどん流れ出し、顎を伝って滴り落ちていく。ポン太の額にも一雫落ち、ぴくりと眉間の皮を動かす。

「悠太……？」

立ち尽くしたまま、無言で落涙を続ける悠太くんを、虚を衝かれたような面持ちで見つめるお父さん。

――すると。

「……びしい」

悠太くんが蚊の鳴くような声で、何かを口にした。「え？」と、彼のお父さんが聞き返す。

悠太くんは、瞳から涙を流しながら、苦しそうに顔を歪《ゆが》めた。内に込めていた、我慢していたものを、すべてさらけ出すような形相に見えた。

「寂しいっ！　寂しい寂しい！　寂しいっ……！」

絞り出すような魂のその絶叫は、海の彼方へと響いていった。少年の父は、呆然としたような表情になり、立ち尽くす。

悠太くんははあはあ、と荒く呼吸をして一度しゃくりあげた後、再び腹の底からの思いを叫ぶ。

「寂しいっ……。お母さんがいなくなって、前の猫もいなくなっちゃってひとりぼっちで！　湊上に来てから！　お父さん、仕事ばっかでっ。俺……寂しい！　寂しいっ！　寂しいんだよっ」

とめどなく涙を流しながら、少年はさらに叫び続けた。

「そりゃ死んだら悲しいよ！　お母さんだって猫だっていなくなって悲しいよ！　だ

けど、最後に悲しむのなら最初からいない方がよかったなんて思わない！　お母さんだって猫だって、楽しい思い出の方が断然多いじゃないかっ！　ポン太だってて っ……。もう、猫又でたくさん楽しい思いをさせてくれたんだよっ。父さんの馬鹿っ。馬鹿馬鹿！　馬……」

我に返ったらしいお父さんが彼にやおら近づいていき、叫び続ける彼を抱きしめた。それによってようやく全身全霊の咆哮が止まる。悠太くんの腕は力なく垂れ、その拍子にポン太はすとんと地面に着地した。

「悠太……」

お父さんは、目の端に皺を寄せるくらいに固くまぶたを閉じ、掠れた声で愛息の名を呼んだ。そしてその口を固く引き結ぶ。唇を嚙み締めているようにも見えた。

先程までの、猫を誘拐したことで悠太くんを咎めている様子とはまるで違う。ひどく痛ましいお父さんのその表情からは、自責や後悔――そんなものが表れているように見える。

「……悪かった。悠太……ごめんな。父親失格だ、俺は……」

静かに放たれた父親の言葉。お父さんは、さらけ出された悠太くんの本音によって、やっと自分がしていた仕打ちを理解したらしかった。

すると悠太くんは、声を上げて泣き出した。そんな彼を、お父さんは抱きしめ続ける。

私はその光景を涙ぐみながら眺めていたけれど、自分のすべきことを思い出してすぐに行動に移した。

「こっちおいで」

悠太くんの周りをうろついていたポン太にそう声をかける。今まで奇跡的に悠太くんのそばにいてくれたからよかったものの、早く連れていかないと。

『よくわかんないんだけどさあ。解決したの？』

のそのそと私の方へ歩きながら、のんびりとした口調でポン太が言う。私は微笑んだ。

「いい結果に落ち着いたみたいよ」

『ふーん』

「猫又に戻るよ、ポン太」

『えー。久しぶりの外だし、散歩したかったのになあ』

「いいからっ。ほら、今戻ったらおやつ貰えるよたぶん」

『まあ、それならいいけど』

渋々といった調子だが、私のお願いに了承してくれたポン太を、そっと抱っこする。

――すると。

「いやー、見つかってよかったです」

「うわあ⁉」

いきなり背後から声がしたので、私は素っ頓狂な声を上げて驚いてしまう。振り返ると、透真さんが満面の笑みを浮かべて立っていた。

「透真さん！　いつの間に⁉」

「えーと。雨宮さんが悠太くんに『お父さんのこと、関係ある？』って言っていた時くらいからです」

「…………」

それって、私が悠太くんを見つけてすぐじゃないか。事態のほぼ最初から、透真さんはこの場にいたことになる。全然気配に気づかなかった。

「さ、ポン太を中に」

透真さんは、扉を開けたキャリーケースを地面に置き、私に目配せをした。

私は抱っこしたポン太を中に押し込むように入れる。『にゅーるはー？』と非難がましく言うポン太に、「あとでおやつあげるからね？」と会話ができることを悟られない調子で言う。

そしてキャリーケースの扉を閉めると、私はこう尋ねた。

「なんでなかなか出てこなかったんですか？」

透真さんが出てくれれば、基本的にいい子な悠太くんはすぐにポン太を返した気がする。まあ、時間があったおかげでお父さんと和解できたから、結果的には最後まで出てこなくてよかったけれど、まさかそこまで見透かしていたわけではあるまい。

「あなたが猫を幸せにできる人間か見ていました」

「はあ？」

まったく意味がわからない。なんで私の話が出てくるのだろう。今大事なのはポン太と悠太くんの家族のことじゃないか。

「まあ最終的な判断は、ポン太が無事悠太くんの家の子になってからですかねえ」

「は……？　あれ、っていうか、ポン太は別な方とトライアルさせるんじゃなかったんでしたっけ」

最終的な判断という意味はもちろんわからなかったけれど、悠太くんの家の子という話の方が気になって、私は問う。

悠太くんとポン太の仲の良さを目の当たりにして忘れかけていたけれど、ポン太は別の人にも気に入られていたはず。

「悠太くんがお迎えできそうなら、その方にはお断りしますよ」

「え、どうしてですか？」

ニコニコしながら言う透真さん。彼にとっては、ポン太をかわいがってくれるなら誰に引き取られてもいいはずじゃないだろうか。悠太くんに飼って欲しいと思うのは、私の勝手な気持ちでしかない。

「ポン太は悠太くんに懐いています。他の誰よりも。家庭環境的に無理そうだから他の方を検討しましたが……。悠太くんが引き取ってくれるなら、それが一番ですよ」

「——はあ」

もちろん私も同じように思っているけれど、ポン太の気持ちを透真さんがここまでわかっていることに、少し驚いた。猫と会話ができる私くらいしか、わかっていないかと思っていたから。

毎日たくさんの猫と戯れている、保護猫カフェの店長なら、それくらいお安い御用ということだろうか。

透真さん、いつも穏やかな笑みを絶やさないが、なんだか掴みどころのない人だな。ちょっと猫みたいだな、と思う。

そしてやはりその微笑を浮かべたまま、彼はこう言った。

「家庭環境の問題は、恐らく解決しましたしね」

ひとしきり泣いたのか、悠太くんはお父さんを見上げて、照れくさそうな顔をしていた。お父さんは、悠太くんの髪を撫でながら愛おしそうに見つめている。

「ですね」

その光景を見ながら、和やかな気持ちで私は言った。


誘拐事件から数日経った日のこと。ポン太をトライアルする準備が整ったということで、悠太くんとお父さんが猫又にやってきた。

「この度はありがとうございます」

悠太くんのお父さんが、ポン太が入ったキャリーケースを持って、透真さんに深くお辞儀をする。

この前はスーツを身にまとっていたけれど、本日はゆったりとしたパーカーにジーンズというカジュアルな格好。休日のお父さん、といった印象だ。

「いえ。ここは保護猫の里親を探すための施設ですから。お礼を言うのはこちらの方ですよ」

透真さんがいつものように穏やかに笑う。本当にいつもこの表情だよなあ、この人。優しく柔和だけど、やっぱりどこかミステリアスだ。

「そう言っていただけると嬉しいです。実は私、仕事を少しセーブすることにしたんです。仕事が好きで今までは自分にできることはすべてやりたかったのですが、部下に任せられるところは任せることにしまして。家族で過ごす時間を増やそうと思います」

「父さんと今度遊園地に行くんだ！」

元気に言う悠太くんは、心底嬉しそうに活き活きとした瞳を私に向けた。以前のどこか寂しそうな雰囲気は一切見受けられない。

お父さんがポン太を迎え入れてくれる上に、悠太くんと一緒に過ごす時間を増やしてくれるようで心からよかったと思う。

「それでは、ポン太のことをよろしくお願いします」

「はい！　悠太と一緒にかわいがります」

「俺、今日から一緒に寝る！　あ、俺最後に他の猫たちに挨拶してくるね。また遊びには来ると思うけど、たぶん来る回数は減ると思うからさ」

今までポン太のためにお小遣いをつぎ込んでいたらしいから、無事お迎えした今後はここに来る頻度は減るだろう。

悠太くんはいつもだいたいポン太と一緒にいたけれど、ふとした瞬間に他の猫のことも撫でたり話しかけたりしていた。根っからの猫好きなのだろう。

そして、悠太くんが店内を進み、猫一匹一匹に律義に挨拶をし始めた。

私が彼の様子を微笑ましく眺めていると。

「悠太がポン太を連れ出した後、私は大変反省をしました」

悠太くんのお父さんが、猫と戯れる息子を目を細めて見つめながら、静かな声で言った。

「もともと悠太はとてもお母さん子で。いつも彼女にまとわりついていました。飼っていた猫をふたりでよくかわいがっていました。しかし、母親も猫も病気になってしまい、あの子はあっという間に大切な存在をふたつも失ってしまった。悲しみが落ち着いた後、私が決意したのは、この先絶対に悠太に不自由な思いをさせないようにしようということでした」

「それで仕事に精を出していたということですか？」

透真さんの言葉に、悠太くんのお父さんが頷く。

「妻は在宅でデザインの仕事をしていました。私の収入だけでも家族三人がつつましく暮らすには十分でしたが、悠太のためにお金を貯めておきたいからと、給与のすべてを貯金していたのです。彼女が学生時代に、金銭の問題で留学を断念したことがあったそうで、悠太にお金の問題で何かを諦めて欲しくないんだと言っていました。……私は彼女のそんな想いを、守り続けたかったのです。幼いうちに最愛の家族を亡くしてしまった引け目を、絶対に感じさせたくなんてなかった。亡くなった妻の望み通り、あの子がどんな道を選んでもふたつ返事で送り出せるようにと、私は以前よりも仕事に打ち込むようなったのです」

そう言った後、彼は少し寂しげに微笑んだ。

「しかし、もっと大事なことがあったようです。思えば妻は、働きながらも悠太と過ごす時間を一番大切にしていました。口座の残高の数値だけにとらわれた私は、私たちが残されたたったふたりの家族ということを忘れてしまっていたのです。今は一匹増えましたがね」

キャリーケースの中のポン太が「にゃん」と短く言った。私の頭に響いたのは『悠太んち、楽しみだなあ』という猫の呟きだった。

「悠太は物分かりのいい子で、あの日まで『寂しい』なんて一言も言わなかった。私は彼の強がりに甘えていたんです。今思えば、もっともらしい決意をして仕事に逃げたのは、あの子の悲しみを自分が受け止めきれるのか、きっと自信がなかったんだと思います。あの子の方が、家族を失う悲しみをちゃんと乗り越えていたというのに。前に踏み出そうとしていたというのに。私は妻や猫を亡くした時のような想いは、もう二度としたくありませんでした。だから新しい猫を飼うことなんて、考えられませんでした」

そこまで話したところで、悠太くんがこちらの方へと近寄ってきた。彼のお父さんは、今度は満面の笑みを私たちに向ける。

「悠太と一緒に、ポン太をたくさんかわいがります。家族の楽しい思い出を、ふたりと一匹でいっぱい作ろうと思います」

「よろしくお願いします」

透真さんが柔和な笑みを浮かべて、ぺこりと頭を下げた。

「全部の猫に挨拶してきたよ！　父さんたち、なんの話をしてたの？」

「なんでもないよ。さ、そろそろポン太を家に連れて帰ろう。ずっとキャリーケースの中じゃかわいそうだ」

「あ、そうだね！」

そんな話をしながら、受付カウンター付近にいた悠太くんと彼のお父さんは、猫又の出口の方へと向かう。私は少し離れた店内のテーブルにつき、その様子を眺めていた。──すると。

──ん？

悠太くんが何かを思い出したかのように、店内に戻ってくると、私の方へと駆け寄ってきた。

「悠太くん？」

「えーっと……」

悠太くんは照れくさそうに何やら言いたげな様子だ。

「ん？」

「あ、あの。うまく言えないんだけど……。ちゃんと、父さんと話せたの、お姉さんのおかげっていうか。だから、その」

少し間を置いた後、私から目を逸らして、悠太くんはこう言った。

「ありがとうございました」

お礼を言われることを想像していなかった私は、驚いて目をしばたたかせる。だけど、悠太くんの照れたように赤く染まった横顔が見えて、微笑ましさを覚える。私は笑みを浮かべた。

「いえいえ、こちらこそ。ポン太の飼い主になってくれてありがとう」

「うん、ポン太と仲良くするよ」

「よろしく頼むよ」

「悠太ー！　行くぞー！」

猫又の玄関付近からお父さんに呼ばれ、悠太くんは踵《きびす》を返した。いろいろあったけれど、ポン太は引き取られたし、悠太くんの家庭の問題も解決して、すべてが良い方向に転がったなあ。

ほんわかしながらそんなことを思っていると。

「お姉さんもずっとひとりで寂しそうだから、友達とか彼氏とかできるといいねー！」

お父さんがお店から出たあと、それに続こうとした悠太くんが、屈託ない笑みを浮かべながらそう言った。そして私が「えっ」と固まっている間に、彼は退店してしまった。

悠太くんに一切悪気はないだろう。いつもひとりでいる私を心から案じているに違いない。透真さんがちらりと私を見て「ふっ」と笑った。

え、いや、その。そりゃ恋人はいませんけど。友達は何人かはいるんだけどな……。あ、でも東京で知り合った人とはなんとなくもう連絡取りづらいし、湊上の友達も過去の社畜生活のせいで今じゃほぼ音信不通だわ。

私、ひょっとして本当に孤独で寂しい女なんじゃ。

友人も恋人もいなければ、仕事もない。人と関わりのないニート。――まずいまずい。

そろそろ重い腰を上げて仕事探しを始めないと。でも東京に戻るか宮城で再就職するかもまだ決めていない。どうしてもまだ具体的なことを考えるほどの気力が湧かない。

いや、でも本当にそろそろまずいよなあ。

なんてことを考えて、ひとり暗澹《あんたん》たる気持ちになっていると。

「とりあえずポン太のおうちが決まってよかったですね」

いつも通り、本心の読めない柔らかい笑みを浮かべた透真さんが、どこかおかしそうに言う。

「とりあえずは、そうですね」

脱力してテーブルに突っ伏していた私は、顔を上げた。

店内はいつの間にか、他のお客さんはいなかった。壁にかけられた、猫の尻尾がゆらゆらと揺れる時計を見ると、閉店時間の十七時を回っていた。

アルバイトの静香さんも、ボランティアの人も、今日はもう帰宅したらしく、店内には私と透真さんと、うろうろしている数匹の猫しかいない。

部屋の隅で、猫又に最初に来た時に見かけた銀にも見える煌《きら》びやかな白い猫が佇んでいた。

長めの毛は今日もふわりふわりと膨らんでいる。じっと私を見つめているので、猫に気圧された気分になる。

閉店時間を過ぎているのに、帰らなくていいのかなあと思いつつ、透真さんがそれを促してこないので、まあいいか、と思って甘えてみることにした。

「ポン太を連れて来た雨宮さんも、肩の荷が下りたでしょう」

「そうですね」

「最後に、ポン太なんて言ってました？」

「――ああ。あんまり人間の世話になるのは好きじゃないけど、悠太ならいいかーって、言って……まし……た……？」

言葉の途中で、自分がとんでもないことを言っていることに気づいて、硬直する私。

透真さんは口元をにいっ、と笑みの形に歪めた。してやったり、というように。

冷や汗が湧き出てきて、一瞬で体内温度が氷点下まで下がる。ちょっと待って、今のはなし！

「やっぱり」

「ななな何がですかっ？　きょきょきょ今日は寒いですね」

「今日の最高気温は二十八度。宮城の六月としては記録的な暑さです」

「え、う、あ……」

「雨宮さん。あなたは猫の言葉がわかるのですね？」

恐ろしく強く美しい目力を武器に、透真さんが私を追及する。確信しているような、表情と口調だった。

「な、な、何言ってるんですかあ？　漫画やアニメの見すぎですよお？」

「残念ながら、そういった類のものはあまり興味がありませんねえ」

下手な私の誤魔化しは、にこにこと満面の笑みを浮かべた透真さんに、冷静に返される。

まずい、これは本当に、絶対に確実に、百発百中バレている。恐らく言い逃れはできない。

猫又での、今までの私の様子を見て気づいたのだろうか。

そういえばポン太と「えっ、悠太くんがそんなことを言ってたの？　ポン太もあの子のことが気に入ってるって？　へー、そうなんだー」なんて会話を、うっかり彼の前でしてしまったことがあった気がする。

ポン太がここに保護されたことが嬉しくて、つい。私馬鹿じゃないか。

でもまさか、透真さんのようないい大人が「こいつ猫と喋れるんだ」なんて考えるわけないと、どこかで思い込んで油断していたのだ。

しかし確実に彼にバレているようだ。正直に話そうか？　いや、話したところで小馬鹿にされるかもしれない。うーん、でも透真さんはそんな人じゃないとは思う。

「誤魔化さなくても良いぞ」

私が脳内でひたすら迷っていると、透き通った青年のような声で、そんな言葉が聞こえてきた。

私と透真さん以外に、誰かいたっけ？　と、私は声のした方を振り返る。

「初めてここに来た時に、私の『お前、猫の言葉がわかるのか』という問いかけに、お前は頷いただろう。あの時から透真も知っていたのだよ」

「――――！」

　あの、美しく神秘的な銀色の猫が、人間の言葉を話している。他の猫とは違い、口から直接発している。私は驚愕《きょうがく》のあまり、一瞬絶句してしまった。

「しゃ、喋った……？　猫がっ？」

「お前も似たようなものではないか」

　私の掠れた声に、銀の猫は不満げに言う。まあ確かに、猫と会話できる人間と、人語が喋れる猫。不可思議さでは大差はないかもしれない。

「だから、隠さなくてもいいんですよ」

　透真さんがにっこり笑って言う。

「なるほど、ですねぇ」

　私は心底感心して、呆けた表情でそう言った。そしてその時、銀の猫のふっさふさの尾の先が、二股にわかれていることに気づいたのだった。

　妖怪になった猫は、尻尾が割れる。そんな昔からの日本の伝承を、私はふと思い出した。

銀色の猫は銀之助《ぎんのすけ》、という名の猫又――猫の妖怪だそうだ。

透真さんの話では、銀之助は元々人間にも化けられる高位の妖怪だったけれど、ある禁忌《きんき》を犯してしまったため、猫神に力の大半を奪われ、ほとんどただの猫になってしまったらしい。

人語が喋れることなど、多少の能力は残っているそうだけど。

そして、猫神は力を失った銀之助にこう告げた。

――力を取り戻したければ、一匹でも多くの猫に、幸せな猫生を送らせること。

「それで、この保護猫茶房・猫又を開いたというわけですか？」

私の問いかけに透真さんが頷く。

「現代で手っ取り早く猫を救うには、保護猫活動が一番ですからね。まあ、猫の幸せなんて千差万別で、人間に飼われることが一概にいいとは言えませんが。それでも、住と食が保証されている環境は、猫にとっては魅力的ですから」

「なるほど」

常識的に考えると、「そんな馬鹿な」と笑われてしまうような話を透真さんとしている私。

だけど、自分自身が猫関係の特異体質であり、銀之助が人語を話すところもこの目で見ているので、すんなりと受け入れられた。

テーブルについた透真さんの眼前にちょこんと座った銀之助は、時々「まあ、そうだ」とか「うむ」とか、尊大な口調で相槌を打っていた。

「あれ。でも透真さんは？」

「はい？」

「透真さんは銀之助とはどんな関係なんですか？　だって——人間ですよね？　と、言いかけたのだが。

「ああ。私も猫又なんですよ。今は人間に化けているだけです」

「え、えええええ！」

事もなげにとんでもないことを言うので、驚いて叫んでしまう。

「そ、そうだったんですか……？」

「はい。あ、気づきませんでしたか？　僕の変化《へんげ》の腕もなかなかですねー」

いや、だって普通は猫が人間に化けているなんて考えもしないでしょう。

だけど、透真さんの鋭く綺麗な瞳や、神秘的なオーラ、絶世の美男子ぶりは、確かに浮世離れしている。妖怪と言われれば、妖怪っぽいような……？　いや、妖怪っぽいってなんだ。

「おいあまり調子に乗るなよ透真」

「あれ、師匠。すいません」

相変わらず偉そうに言う銀之助に、たいして反省してなさそうに口だけの謝罪を吐く透真さん。

「師匠とは……？」

「彼は僕の師匠なんですよ。いろいろ恩があるので、力を戻す手伝いをさせてもらってるんです」

「そういうことだ」

「――なるほど」

それで透真さんはここの店主をやっているということか。

「それで、雨宮さん」

「はい？」

「実は、ポン太を引き取ったのは私たちにある打算があったからなんですよ」

「打算……？」

真剣な面持ちになって透真さんが話し出したので、私も身構えてしまう。

「雨宮さんが猫と話せるということを利用したかったんです、私たちは」

「へっ？」

「ここでアルバイトしませんか？　もちろん規定の時給で賃金はお支払いします。――いえ、猫と話せる手当てとして、多めにお支払いしましょう」

「え、なんだか。急な話ですね」

思ってもみない提案に困惑してしまう。しかもなかなかの高待遇のようではないか。

「雨宮さんにとっても魅力的な話なんじゃないですか？　そろそろ就職先を探さなきゃいけないそうじゃないですか」

「う……⁉　何故そこまで私の状況の詳細を」

仕事で体を壊して退職し、今はのんびりしていることは百汰をはじめとしたいろいろな人に言っているから、透真さんが知っていても不思議ではないけれど。

そろそろ次の職場を探さなくてはならないという、そんな切羽詰まった話まではしていなかったはず。

「常連さんがよく雨宮さんの話をしてるんですよ。心配よねー、大丈夫かしらねー、って。それで自然と知るところとなりました」

「……く、お母さんとケイちゃんめ」

お母さんが井戸端会議で私のことを話の種にし、ケイちゃんが猫又でほかの友達にそのことを話題にしていたという寸法か。これだから田舎のおばちゃんネットワークは。

「まあ、その話は置いておいてですね。見ての通り、師匠のしっぽは今はわかれてしまっています。昼間は普通の猫と同じ一本のしっぽなんですけど、夕方……だいたい十七時くらいでしょうか。そうすると師匠の妖気が強くなるせいで、自然とわかれてしまうんですよ」

「はあ……」

「だから、ここは十七時に閉めて、静香さんやボランティアさんも同じ時間に帰さなければなりません。しかし、閉店後にひとりで店内清掃や猫たちのお世話をするのが、かなりの重労働でしてね」

「それを、ふたりの正体を知っている私にやって欲しいと?」

「ご明察です。最初に会った時に、猫と話ができる人なら、恩を売っておこうと思ったんですよ。何かの時に助けてくれそうな気がしたので。無職と知った時は非常に嬉しかったです。もうここで働いてもらうしかないと思いました」

「……はい、無職でございます」

無職を喜ばれて、少し複雑な気分になる。

「ここではアルバイトとして雇うことになるので、正社員としての次の職が見つかるまでの繋ぎで構いませんから。私としては貴重な人材なので、長くいて欲しいですけどね」

透真さんはにんまりと、笑みを深くする。

猫と話ができる、非現実的な力を持つ私なら、さらに非現実的なふたりの秘密を知っても恐らく口外せずにいるはず。

だから、働き手として欲しくて、ポン太のことで貸しを作ったというわけか。

　ポン太誘拐事件のあとに、透真さんが言っていた「あなたが猫を幸せにできる人間か見ていました」と言っていた意味を、ようやく理解する。

　ずっと私の様子を見て、戦力になるかどうか、猫にとっていい人間かどうかを、透真さんは見定めていたというわけか。

　どうやら、まんまとふたり（ひとりと一匹？　いや二匹？）の手の平の上で転がされていたらしい。

　だけど、悪い気はしなかった。実際に透真さんはポン太の面倒を丁寧に見てくれたし、飼い主まで見つけてくれた、救世主なのだから。

　それに、こんなにあっさりと勤労のリハビリ先が見つかるなんて願ってもないことだ。

　長く働くかはもちろん未定だけれど。それでも、大好きな猫に囲まれながらの仕事は心が癒されそうだし、何より妖怪という珍しい存在もいる中で働けるなんて、最高に面白そうだ。

「ええ、こんないい話願ったり叶ったりです。ぜひアルバイトさせてください」

「ありがたい。よろしくお願いします」

「ただ、ひとつ聞きたいんですが」

「なんでしょうか？」

「私はどうして猫の言葉がわかるんでしょうか？　物心ついた時からなんですけど。

透真さんや銀之助は、何か心当たりがありますか？」

昔から不思議だった。両親だってごく一般的な育ちだから、私だっていわゆる普通の人間なはず。そんな私が、どうして生まれつき猫との意思疎通が可能なのか。

「恐らく、あなたの祖先に猫と深い関わりを持つような人がいたのでしょうね」

「祖先？」

「過去にも数人雨宮さんのような人と出会ったことがありますが、長い時を経て世代を超えた猫の恩返しが現れた場合が多かったです。曾祖父が猫好きでたくさんの猫の世話をしていた、祖母が猫神様に毎日お供えをしていた……なんて方たちでしたよ。雨宮さんの先祖にも、猫を大切にしていた方がいたんじゃないでしょうか」

「私の先祖にそんな人いるのかなあ？」

思い浮かべてみるけれど、祖父母世代までしか自分の血筋の人物についてはわからない。

それに父方の祖父母にいたっては、ふたりとも幼少の時に亡くなってしまったから、顔を微かに覚えているくらいだし。猫が好きだったどうかさえも知らない。

「何世代も前だったらわかるはずもないでしょうね。猫からの友好の証《あかし》だとでも、軽く考えておいてください」

「友好の証、ですか」

猫から授けられたらしい、不思議な能力。

それを聞いて、私はますますここ保護猫茶房・猫又で働く意欲が湧いた。

「では。これからよろしくお願いします」

私は深くお辞儀をして、ゆっくりと言った。

「ええ、こちらこそよろしくお願いします」

温和な笑みを私に向けて、透真さんが私の言葉を受け入れる。

「小間使いが増えたんならこちらとしても助かるな」

尻尾をぱたっと振って、偉そうに銀之助が言う。テーブルの上で揺れたふさふさの尾は、ふわりと柔らかそうだ。

オッドアイのつぶらな瞳。超絶かわいらしい見た目に相反する、不遜《ふそん》な態度。そしてもっふもっふの全身。

ダメだ。すべてがツボだ。

「もう耐えられない！　私！」

欲望のタガが外れた私は、勢いよく銀之助に接近した。

「え？　な、小娘っ？」

私の突然の行動に、びくりとする銀之助だったけれど、逃げる余裕はなかったようだった。私は銀之助の両脇の下をがしっと手で掴み、抱っこする。

そして頭や背中、首筋などをひたすら撫でる。なるべく猫が嫌がらないポイントにはしたつもり。腹毛に顔を埋《うず》めたい欲求は非常に高かったけれど、すんでのところでそれは堪えた。正直偉いと思う。

「あああ！　ふわふわすぎるっ！　かわいいかわいい！　偉そうなとこも猫っぽーい！」

「なっ？　小娘！　私を誰だと思っている！　高位の妖怪だぞ？　本来ならお前など！」

「きゃあああ！　生意気だけどそこがいいー！　肉球もぷにぷにー！」

「こらああ！　お、おい透真！　助けろっ」

私の過剰な愛情表現に、透真さんに救いの手を求める銀之助だったが。

「さーて、雇用契約書はっと……」

横目で見えた透真さんは、素知らぬ顔でカウンター横の戸棚をごそごそと漁《あさ》っていた。さっきよりもちょっと笑みが深く、楽しそうに見える。

「撫でる度にもふもふぅうー！　やばい、癖になっるううう！」

「お、おい！　や、やめろー！　放せ！　無礼者ー！」

夕刻の妖怪猫茶房に、尾のわかれた猫又の声がしばらくの間轟き渡る。

――かくして。

保護猫茶房・猫又のアルバイトスタッフとしての日々が、始まるのであった。

第二話　傷だらけのネロ

猫の祖先は、乾燥地帯で生活していたリビアヤマネコと言われている——そう子供の頃読んだ動物図鑑に書いてあった覚えがある。

そのためか、雨や湿度の高い日が苦手らしい。高温多湿な日本の夏場は、猫にとっては天敵なのである。

七月に入り、宮城県南部は梅雨真っ只中《つゆ》。ベタつく髪と肌に不快感を覚える日々が続く。雨の中、保護猫茶房・猫又に出勤した私は、店内に入った途端に、苦笑を浮かべる。

「みんな死体みたい……」

ほぼすべての保護猫たちが、床にだるんと横たわっていた。エアコンはドライモードに設定してあるはずだが、外から入ってくる湿気を解消するには事足りない。

雨の日の猫はとことんだるく、一日中眠いのだ。

『だって雨きらーい。ねむーい』

そう言いながら私の足元にやってきたのは、最近猫又に来たばかりの白い子猫・大福《だいふく》。

若いためか、まだ動く元気があるらしい。それでもいつもの俊敏な動きは見られず、のそのそと重そうに歩いている。

『ほんと、ここ最近ずっと雨で嫌になるぜ』

座布団の上で伸びながら、目を開けずに美形猫のカイが言う。

シャムの血が混じっているのか、細身でしなやかな体つきをしているのに、だらんとだらしなく横たわっているせいか、普段のかっこよさは微塵《みじん》もない。

まあ、猫好きの人間にとってみればだらしない猫の姿なんて、愛くるしくて好物でしかないが。

「おはよ、美琴《みこと》ちゃん。雨の日は仕方ないわよねえ」

アルバイトの静香《しずか》さんが、苦笑を浮かべながら言う。彼女の手には、猫用のコーム。どうやら猫たちにブラッシングをしていたらしい。

だるそうにしている猫たちのお手入れは、いつもより少しは楽だっただろう。

「おはよー、静香さん。今はお客さんいないんだね」

静香さんとは、年齢も近いこともあってか、猫又で働き始めてからすぐに仲良くなれた。

彼女は既に一年以上ここで勤務しており、私に保護猫カフェスタッフとしてのノウハウを教えてくれている。

働き始めてから知って驚いたのは、実は彼女が少女向け小説の作家だということ。

それなりに売れていてお金にはそんなに困っていないらしいが、部屋にこもって執筆してばかりでは体がなまってしまうから、週に三回ほど猫又にアルバイトに来ているとのことだ。

線が細く小柄で、黒髪ストレートのロングヘア。派手さはないがどこか気品のある顔立ちで、常に優しく微笑《ほほえ》んでいる、たおやかな雰囲気の女性だった。

猫又は和風カフェであるため、女性スタッフは小袖を着用する規定だが、奥ゆかしさのある静香さんにはそれが絶妙に似合っていた。

「雨だからかなあ。私朝からいるけど、今日は入りが少ないね。猫ほどってわけじゃないけど、人間もいつもより力が入らないような気がするよね」

「そうだね」

「透真《とうま》さんも、ちょっと元気がないみたいだね」

くすりと笑う静香さんの視線の先には、カフェの隅のちゃぶ台の上で、疲れた顔をしてパソコンに向かっている透真さんの姿があった。

ここのブログを更新したり、帳簿をつけていたりする光景をよく見るので、今日もそんなところだろう。

いや、っていうか。彼も猫だから調子悪いんだけどね……。なんてことはもちろん静香さんには言えないので、私は「はは」と軽く笑って流した。

すると、カフェの出入口の扉が開いた。お客さんが来たらしく、私は慌てて営業スマイルを浮かべる。

しかし、入ってきたのはやたらと最近目にする人物だったので、あっさりとその笑みを崩して、親しみを込めて仏頂面を浮かべた。

「なんだ、また太一《たいち》兄ちゃんか」

「なっ⁉　なんだとはなんだ！　おいミコ！」

私がやる気なく言うと、太一兄ちゃんは気色ばんだ様子で店内に入ってきた。いつもの私たちのやり取りに、隣で静香さんがくすくすと上品に笑う。

彼は早坂《はやさか》太一といい、湊上《みなあげ》の商店街で父親と一緒に早坂鮮魚店を営んでいる。私が幼少の頃、父が漁で捕った魚や貝を、直接早坂鮮魚店へと卸しに行っていたため、五歳上の彼にはよく遊んでもらっていた。

太一兄ちゃんは清潔感のある素朴な好青年で、商店街に来るおじさんおばさん連中にも「太一くん、太一くん」と呼ばれて親しまれている。

優しく実直な人柄であることは、二十年来の付き合いである私も知っている。

「だって最近毎日来るじゃん。暇なの？」

「暇じゃねえよ！　休憩時間に猫に癒されに来てるの！」

何が猫に癒されに、だ。あんたが癒される対象は別にあるだろうが。店内に入ってから猫を一度だって見ていないくせに。

「猫は商売の邪魔をするからあんまり好きじゃないって昔言ってたじゃんか」

意地悪したくなって、過去の発言を暴露する私。すると猫好きな静香さんが不安げな表情をして、太一兄ちゃんにこう尋ねた。

「太一さん、猫苦手なんですか……？」

「え⁉　ち、違いますよっ！　そんなことないです！　猫大好きです！」

「そうですか、それならよかったです」

不自然に否定する太一兄ちゃんだったが、素直な静香さんは信じてくれたらしい。安心したようににこりと微笑んだ。そしてその笑顔を見て、顔を赤らめる太一兄ちゃん。

なんてわかりやすいやつなのだろう。五歳も上なのに、若いなあと思ってしまう。色恋沙汰《いろこいざた》にご無沙汰しすぎて、私は既に枯れてしまっているのかもしれない。

「太一さん、今なら貸し切りですよ。ゆっくりしていってくださいね」

「そ、そりゃいいですね！　あ！　お店的にはよくないか⁉　お客さんいっぱい来るといいですねっ」

「ふふ、そんなに取り繕わなくて大丈夫ですよ。飲み物取ってきましょうか？　何がいいですか？」

「だだだ大丈夫ですっ！　静香さんのお手を煩わせるわけにはいきませんっ。私めがやりますので！」

「そうですか……？」

「はいっ！」

上ずった声でそう言うと、妙に焦ったような動作でドリンクバーの方へと行く太一兄ちゃん。

緊張しすぎだろう。どれだけ好きなんだよ、静香さんのこと。

『若いもんはええのう』

推定年齢十二歳の高齢猫のコバンさんが、ドリンクバー前であたふたしながらコーヒーを淹《い》れる太一兄ちゃんを一瞥《いちべつ》すると、しみじみと言った。

「そうですねえ」

『私も昔は人間の娘と恋仲になったものだがな。……くっ、この姿じゃ別のかわいがられ方しかされん』

人間型猫又と、猫型猫又がそんなことを話しているのをふと耳に入れながら、太一兄ちゃんの恋の行く末を、ぼんやりと想像する私だった。

カレイは湊上沿岸でよく捕れるためか、小さい頃からよく食卓に上がる。

唐揚げやムニエル、野菜あんかけなど、母のカレイ料理はどれも美味だけど、やっぱり一番はしょうゆ、酒、みりんで煮た煮付けだ。

ご飯のお供に、カレイの柔らかな白身を味わう。適度な労働のあとの、母手作りの美味《おい》しい夕食。

以前は食事を味わう暇すらなかったから、人間らしく健康的な日常を送ることへの幸福感がひとしおだった。

「そういえば今日、職場に太一兄ちゃん来てたわ。今日っていうか最近毎日来るんだけどさ」

「え、保護猫カフェに太一くんが？」

ホヤが入った味噌汁をすすりながら、母が訝《いぶか》しげな顔をした。

ちなみに、猫又でアルバイトすると決まった時、「働けるくらい元気になってくれてよかったわ」と母は全力で喜んでくれた。

「猫カフェなんてオシャレなところに行くタイプだったかしらねえ。魚を捌《さば》いているところしか見ないから、そんなイメージなかったわ」

「だよねえ。小さい頃もそのへん走り回ってるか釣りしてるかだったし。カフェで猫を撫でてる太一兄ちゃんなんて、らしくないよねー」

私が同調すると、母はおかしそうに笑って「元気な男の子って感じよねえ、今でも」と言った。しかし首を傾げ、こう尋ねてきた。

「猫のこと好きだったのかしらね？　そんな風な印象もなかったけど……。太一くん、お店で猫を抱っこしたりしてるの？」

「えっと……」

猫たちには見向きもせず、アルバイトのきれいなお姉さんにみとれています。

……なんてことをスピーカーの母に言ったら最後、明日の夜には湊上中のマダムに広まってしまう。おかんネットワークにより、太一兄ちゃんの母にもきっと。

幸い、母の一味である常連のケイちゃんと太一兄ちゃんが来店する時間は、被っていない。だからまだなんの噂も立っていないのだった。

「ね、猫を眺めてのんびりしたり、コーヒー飲んだり？　仕事の休憩にちょうどいいみたいだよ。最初は友達に連れられて来たらしいんだけど、気に入ったみたいで」

純情な片想いが周囲に知られることになったら、さすがにかわいそうなので、私は嘘八百を並べ立てた。

最初に友達に連れられて来たというのは、本人が言っていたので本当らしいが。大方その時に静香さんに一目惚れしたのだろう。

今日はオシャレぶってコーヒーを飲もうとしていたけれど、苦かったのか一口で残していた。子供舌の太一兄ちゃんは相変わらずオレンジジュースが好物のようだ。

「ふーん、そうなの？　太一くんもいい歳なんだから、お嫁さん貰ってお店手伝ってもらえばいいのにねえ」

またすぐそういう話にする……と、呆れかけたけれど、彼ももうじき三十歳だし、母の言うことももっともだ。

「今までそういう話はなかったのかなあ」

「何回かお見合いしたって聞いたことはあるわね。でも毎回断られちゃってるみたいよ」

「えっ、なんで？」

太一兄ちゃんは背が高く、筋肉も程よくついていて、顔だって決して悪いわけじゃない。性格は明るくて優しいし、お店に来ている子供の相手も楽しそうにしている。結婚には向いているタイプだと思うけれど。

「だってねえ。太一くんと結婚するってことは、魚屋の奥様になるってことじゃない？あのお店ももう四代目だし、太一くんの代で潰すわけにはいかないでしょう」

「魚屋の奥様……」

「今時の若い女の子は、魚屋に骨を埋める覚悟はできないんじゃない？」

「あー。確かに」

私も一生夫の魚屋を手伝え、と言われたらいくら好きな相手でも少なからず躊躇《ちゅうちょ》してしまうだろう。

静香さんはどうなんだろうなあ。確か、元々仙台に住んでいたけれど、のんびり小説を書きたいから海辺の湊上に越してきたって言っていたっけ。

魚屋で威勢よく「へいらっしゃい！　今日はさんまが安いわよー！　奥様！」なんて言っている光景は、とてもじゃないが想像できない。

うーん、太一兄ちゃん。ちょっとこの恋は厳しそうだなあ。

味の染み込んだカレイを頬張《ほおば》りながら、敗色濃厚な恋をしている彼を、私は哀れに思うのだった。

翌日も湊上地区はどんよりとした雨雲に覆われ、粒の大きな雨が降りしきっていた。傘をさしていても足元を濡らす雨粒を鬱陶しく思いながらも、私は猫又に出勤時間の五分前に辿り着いた。

そして倉庫部屋でお店の制服である小袖に急いで着替え、メインスペースに出ると、壁にかけられた猫型の尻尾フリフリ時計は、十七時きっかりを示していた。

猫又はもう閉店の時間だが、今日は閉店後に清掃や猫のブラッシングなどをして欲しいとのことで、駆り出されたのだった。静香さんは十六時に上がったはず。

「透真さん、おはようございます」

透真さんは、受付カウンターに座り、今日も書類に向かっていた。ひどくだるそうな顔で。

「ああ雨宮《あまみや》さん。おはようございます……」

「具合悪いんですか？　雨だから？」

「そうですね……。こんなに連日となると」

そういえば、もう四日も雨が続いている。

「人型になっても変わらないんですね。湿気が苦手な点は」

「中身が変わっているわけではないからな。むしろ、体が大きくなった分余計に気候の影響を受けやすいのだ」

背後から、澄み切った青年のような声が聞こえてきた。振り返ると、銀之助《ぎんのすけ》――銀ちゃんが私たちの方へ、ファサッファサッと毛を靡《なび》かせながら歩み寄ってきていた。

ちなみに銀ちゃんとは、私が勝手に銀之助に付けた愛称だ。大変キュートな見た目をしているのに、銀之助というキリっとした名前はどうも似合わない。だから本人の許可なくそう呼ぶことにしたのだった。

この呼び方を始めた頃は、「気安く呼ぶな小娘！」なんて苦言を呈していた銀ちゃんだったが、私が一向に改めないので最近では何も言わなくなった。

それにしても、今日も大変モフモフしていらっしゃる。くぅ。今すぐモフりたいけど、だるいらしいからここは我慢だ。なんて惨《むご》い苦行なのだろう。

「本当に今日は体を動かすのが億劫ですねえ」

透真さんが重い腰を上げながら、覇気のない声で言う。その状態でお店の片付け作業を行うのは、大変そうに見えた。

「透真さん、今日はなるべく私がやりますから。指示を出してくださいよ。できるだけ休んでください」

人間の私は雨によって大きく体調が変わるわけではない。私の提案を聞いた透真さんはニコっと笑った。相変わらず完璧にかっこいい、悩殺スマイルだ。

「ありがとうございます。では、猫たちのブラッシングとトイレ掃除はお任せしますね」

「はい！」

「だけど、私も休んでいるわけにはいかないんですよ」

「え？　どうして――」

私が言いかけたところで、インターフォンの音が部屋に響いた。すでに閉店後だから、お客さんではないはずだ。

「これから一匹、新しい保護猫を迎えなきゃならないんです。しかもちょっと訳ありの子で」

透真さんの微笑みには、どこか疲労感が滲んでいた。


猫又で勤務を開始してから一週間。保護猫を迎えるタイミングに立ち会うのは初めてだった。

自由気ままに外を闊歩《かっぽ》していた野良猫が、いきなり捕獲されて人間の住処《すみか》に連れてこられたとなると、イメージとしてはひどく怯えて小さくなっているか、激怒して絶叫しているかの、どちらかだろう。

本日お迎えしたネロは、後者に該当する猫だった。それも、かなり度を越した。ケージに入れられた黒猫のネロは、「シャー！　フゥー！」と唸《うな》りと叫びをひっきりなしに上げている。

耳は後ろに反り返っていて、猫が怒りを表している、いわゆるイカ耳状態。瞳孔も全開で、眉間にはっきりと皺を寄せている。

先が少し曲がった尻尾も、ぼわっと膨らんでいて興奮状態を示していた。

治療中の傷口を舐めないようにするためか、首にはメガホンのような形の大きな首輪が巻かれていた。エリザベスカラーという、動物の治療用の道具だ。

『出せっ！　出してー！　ここから出せっ！　人間なんかと一緒になんていたくないっ！　大嫌いだっ！』

そして私の頭に響いてくるのは、人間への深い憎悪が込められた言葉たち。

しかしそんなネロの態度なんて私には気にならない。そんなことよりも、彼のその姿があまりにも悲惨で。

ネロの体には、至る所に擦り傷や切り傷があった。その中でも一番目につくのは、背中にある大きな火傷《やけど》。被毛は禿げてしまい、赤くぶよぶよとした水膨《みずぶく》れになっている様は、思わず目を覆いたくなってしまう。

「結構ひどい状態ですね」

いつも笑みを崩さない透真さんが、珍しく少し驚いているように見えた。ネロを連れてきたボランティアの男性は、困ったように眉尻を下げる。

「ええ。説明した通り、野良でさまよっている時に心無い人間に虐待されていたようです。傷も火傷も、恐らく人間に……」

「ひどい……」

思わず私は強く唇を噛んだ。口内に鉄の味が広がる。だけど、まったく痛みは感じない。

こんな小さくて、かわいらしくて、ただ本能に従って生きている子に、何故そんな惨いことができるのか。

確かに、猫の糞尿や発情期の鳴き声を、迷惑に思う人もいるだろう。

だけど猫にひどい仕打ちをしていいということには、絶対にならない。

第一、元を辿れば人間が悪いはずだ。ネロか、もしくはその親猫を捨てた人間が。

「虐待されたせいで人間をひどく恐れているようです。根気よく世話した保護猫ボランティアもいましたが、まったく心を開いてくれず、もう当てがありません。今回引き取りを承諾してくださって本当にありがたいです」

「努力はしてみます」

そして、ネロの病歴や予防注射歴、推定年齢などを記した書類の説明をすると、ボランティアの男性はネロを悲しげに見つめて、猫又から去っていった。

『おい！　早く出せ！　こんなところにいるくらいなら死んだ方がマシだっ！　外に

出せー!』

シャーシャーフーフー、ひっきりなしにネロが鳴くものだから、私の脳内には絶え間なく人語に訳された悲痛な叫びがこだまする。一語一語、胸が張り裂けそうになってしまう。

「どうしてこんなことできるの……」

「別に珍しいことではない」

さっきまではメインフロアにいたはずの銀ちゃんが、いつの間にかネロのケージの傍らにいた。ボランティアスタッフが帰ったあと、倉庫部屋にやってきたらしい。

「え? 銀ちゃん、どういうこと?」

「猫に危害を加える人間は、いつの世も一定数いる」

「猫を生き物だと思っていないんですよ、そういう人たちは。猫を殺してもいまだに罪状は器物損壊ですからね、日本では」

ケージの中に敷くトイレシートを準備しながら言う透真さんは、いつも通り穏やかだったけれど、口調はどこか寂しそうだった。

「器物損壊⁉ そうなんですか⁉」

「そういうやつに限って普段は外面がよかったりもするもんだ。ストレスのはけ口としてちょうどいい、無力な生き物とでも思っているのだろうな、猫のことを」

「……そんな」

銀ちゃんの言葉に、ひどい悲しみに襲われる。湊上周辺で、平和にのんびりと暮らしている猫ばかり見ていた私にとっては、信じ難い悲惨な事実だった。

私がそんな風に絶望を覚えていると、ネロのケージに向かってちょこちょこと大福が近づいてきた。

大福はメインフロアにいたはずだが、倉庫部屋のドアが開いていたので、隙間から入ってきたらしい。

他の猫たちが湿気にやられていた昨日も、大福だけはそれなりに動き回って元気そうだったが、今日もわりと調子が良いようだ。

「こら大福。近づいちゃ危ないよ」

怖いもの知らずの大福は、ウーウー唸っているネロに臆せずに近づいていく。

私は慌てて抱えようとしたけれど、その瞬間大福が俊敏に動いたので、しくじってしまった。

『新しいお友達だっ！　でも何怒ってるの？』

小首を傾げながら、かわいらしくネロに問う。しかしネロは『あ？』と低い声で言った。

『ねえ、ここの人間たち優しいし、ご飯もいっぱいくれるし、寝床もふわふわだよ。そんなに怒らなくて大丈夫だよー』

ご機嫌な調子で大福は言う。ケージの中のネロとは、目と鼻の距離。ネロが隙間から手を出せば、触れることも難しくない近さ。

本能的に危ないと感じ、私は急いで大福を抱えようとする。

しかしシャー！　と一際大きく唸ったネロの爪が、ケージの隙間から飛び出したのが先に見えた。

まずい、大福が怪我をさせられてしまう。と、思ったその時だった。

「危ないですよ、大福」

私より一足先に、目にも留まらぬ速さで透真さんが大福を抱っこしたのだった。ネロの鋭い猫パンチは、宙を切った。

さすが本当は妖怪猫又の透真さん。人間では到底及ばない瞬発力をお持ちである。

大福が怪我をしなくて私は安堵の息を漏らしたが、それも束の間。攻撃が当たらなかったことにネロはさらに腹を立てたらしかった。

『うるさい！　人間なんかに懐きやがって！　あっち行け！』

透真さんの腕の中にいる大福に向かって恫喝《どうかつ》するネロ。

大福はしばらくの間きょとんとしていたけれど、すぐにピンと立てていた耳と尻尾を情けなく下げ、『怖いよぉ』と震えた声で言った。

「向こうに行きましょう、大福」

そんな大福を落ち着かせるために、透真さんは抱っこしたままメインルームの方へと行ってしまった。

「――どうなるんだろう、これから」

全身で怯え怒っていて、体中に生傷があるネロを見て、胸が苦しくなりながらも、私はぼそりと呟いた。

その間もネロはずっと『人間！　あっち行け！』とギャーギャー喚いている。

「なるようにしか、ならん」

いつの間にか、部屋の隅にあった座布団の上で丸くなっていた銀ちゃんは、投げやりにそう言ったのだった。

あの後ネロはしばらく騒いでいたが、疲れたのかケージの中で眠ってしまった。

お皿に入れたご飯は、少しも減っていない。猫は警戒すると食事を摂らなくなってしまうのだ。

虐待によって体は弱っているはずだから、少しでも食べて欲しいところだが。根気よく与え続けるしかないだろう。

――ネロのこの先が、いろいろと不安だった。

ここは保護猫カフェなのだ。ネロの飼い主を見つけるために透真さんは引き取ったはず。だけどこんな様子では。

「ネロが人と仲良く暮らすことなんて、できるのかな……」

ネロの行く末を案じて独りごちる。すると銀ちゃんがトコトコと私の隣にやってきて、ケージから少しはみ出ているネロの尻尾を前足でちょん、と触った。

「銀ちゃん？」

「なるほどな」

不可解な行動に眉をひそめる私だったが、銀ちゃんは納得したようにうんうんと頷いている。

「できるさ。こいつも人と暮らすことが」

そしてはっきり、断言するように言う。

「どうして？」

「簡単なことよ。ネロは元飼い猫だからだ」

「えっ⁉」

こんなにひねくれて凶暴になってしまった子が、元飼い猫？　にわかには信じ難い。

「どうしてわかるの？」

「私には猫又としての能力が多少残っていてな。触れた猫や人間の過去がわかるのだ」

「ええ！　そんなすごいことがっ」

かわいい喋《しゃべ》る猫くらいにしか思っていなかったけれど、本当に妖怪なんだなあ。私は改めて実感した。

「飼われてたんだ、ネロ。一体どんな人に？」

「言っとくが、かなり胸糞悪い過去だ。聞かない方がいいかもしれん」

「…………。聞かせて欲しい」

一瞬迷ったけれど、ネロの過去を知ることで少しでも彼の警戒心を解く手助けになるなら。幸せになれるきっかけを掴めるなら。

保護猫カフェのスタッフとしては、絶対に聞いておかなければならないだろう。

「そうか」

すると、銀ちゃんは神妙な顔をして、ケージで眠るネロの横で淡々と語り始めたのだった。


ネロは生まれたての時にある若い夫婦に拾われた。子供のいなかったその夫婦は、寂しさを埋めるかのように、ネロに「ココア」と名付けて溺愛した。

フードもオーガニックの最高級のものを。ベッドも職人がひとつひとつ手編みをした、竹かごの名産品を。

背の高いキャットタワーはリビングの真ん中に置かれ、ふたりはネロを中心とした生活を送っていた。

幸せで安穏とした生活を与えられたネロも、夫婦を信頼しとてもよく懐いていた。ふたりが外出した時は、出窓に佇《たたず》み健気に帰りを待ち、窓の外にふたりの姿が見えたら、玄関でお出迎えをした。ソファに座ってくつろぐ夫の膝の上が特等席。キッチンで料理をする妻の足元には、常にまとわりついた。そして眠る時はふたりの間に入り、人間の温もりを感じた。

だが、そんな幸福に満ち溢れた生活は、一年足らずであっさりと終焉《しゅうえん》を迎えた。子供を諦めてネロを迎えた夫婦だったが、奇跡的に子宝に恵まれたのだ。妊娠が発覚した頃から、夫婦がネロを撫でたり、丁寧にブラッシングしたりする機会が極端に減った。

それでも、食事はちゃんと与えられたし、すり寄ればそれなりに構ってくれたので、元来孤独を好む猫であるネロはそこまで気にはしなかった。

――しかし。

生まれた子供には、猫アレルギーがあった。産後に妻と子がネロのいる家に戻ってきたその日、子はくしゃみを連発させ、体中に発疹を浮き上がらせた。

「どうしよう、ココアと一緒に暮らせないわ」

と、妻は困った様子で言った。

その光景を目にして、夫は激怒した。「こんな猫いらない！　捨てる！」と、ネロに向かって般若《はんにゃ》のような形相をして吐き捨てた。

ネロには何がなんだか、理解できなかった。どうして、しばらく前までは撫でてくれた優しい手が、自分を荒々しく掴むのだろう。どうして憎悪を込めた瞳で睨《にら》んでくるのだろう。

その日の夜、妻と子が寝静まった後、キャリーケースにネロを押し込んだ夫は、自宅から車で数十分の距離の山中に向かった。ネロをひとり置き去りにするために。

目が開く前に夫婦に拾われたネロは、外の世界も、広大な森を包む暗闇も初めて見る光景だった。その日は震えながら、ただ茂みの陰に身を潜めた。

どうして夫は自分を置いていったのだろう。何か、気に障るようなことをしてしまったのだろうか。

もう嫌われてしまったのだろうか。前はあんなに優しく抱っこして、かわいいかわいいと微笑み、愛情をたっぷり注いでくれたのに。

妻も自分のことを拒絶しているのだろうか。いや、もしかしたら自分が帰ってくるのを待っているのかもしれない。

きっとそうに違いない。妻はお腹が大きくなる前までは、ずっと一緒だよ、って言ってくれていたのだから。

右も左もわからないけれど、ネロは家へ帰ることを決断した。

しかし寝床もなく、食さえも保証のない野良猫の生活は厳しい。天気の急変や、交通事故の危険だって常に潜んでいる。

ネロはボロボロになりながらも、自分の本能に従って家を目指した。温かく、優しさに満ち溢れているはずの家に。

数ヵ月間さまよっただろうか。やっと、赤い色の屋根の小さな家を、ネロは発見する。見覚えのある、温もりと幸せで包まれていたあの家を。

長い間外を徘徊《はいかい》しているうちに、ネロの中では夫が激怒した記憶も、妻が自分を撫でなくなっていった記憶もなくなっていた。

ただただ温かな日々だけが思い出に残っていた。ふたりが自分の帰りを待っていてくれて、喜んで出迎えてくれるものだと信じていた。

外界での生活は家猫だったネロにはあまりに厳しく、そんな風な疑似的な希望を抱かなければ、耐えることができなかったのだろう。

生垣から家の庭へと入ると、妻が少し大きくなった赤ん坊を抱きながら、花壇の花を見ていた。

慈愛に満ちた表情で「きれいだね」「風が気持ちいいね」と優しく言っている。昔自分へと向けられていた顔と、声。

やっぱり彼女は変わっていない。昔と同じで、穏やかで包み込むような優しさを持ったままだ。

ひどく痩せて所々禿げ、みすぼらしい姿になったネロは、早く彼女に抱っこしてもらいたくて、駆け寄った。

——しかし。

「ひっ」

妻はネロを見るなり、怯えたような顔つきになった。どうしたんだろう、とネロは首を傾げる。

するとその次に妻の瞳に浮かんだのは、激しい拒絶の色。ネロを害虫でも見るかのように冷たい瞳で見据え、嫌悪感を顔全体に露わにした。

「ちょっと！　猫戻ってきてる！　遠くに捨ててきてって言ったでしょ？」

逃げるように掃きだし窓から家の中に入りながら言った妻の言葉は、ネロにとっては信じ難いものだった。

家の中からは「マジかよ……。最悪、また捨ててこないと」と、夫の面倒そうな声が聞こえてきた。

ネロは庭から去った。逃げるように、できるだけ赤い屋根の家から遠ざかるように、ひたすら走った。

途中で車に轢《ひ》かれそうになったが、別に怖いとも思わなかった。いっそのこと、轢かれてしまいたいくらいだった。

その後は、ただ流れるままに日々をぼんやりと過ごした。うろうろして、運よく餌にありつければ食べ、民家の軒先や車の下で眠った。

明日ご飯がなくて腹をすかせてくたばっても、車に踏みつぶされても、別にいい気がした。

なんで自分は存在しているのだろう。誰からも必要とされず、野良猫仲間からは新入りだと疎《うと》まれている自分。

ボロボロのネロは、下卑《げび》た人間の標的によくされた。毛並みのきれいな猫よりも、すでに小汚いネロの方が、加虐心をくすぐられたのだろう。

のそのそと道の端っこを歩いているだけで、自分の何十倍もの大きさのある人間に足蹴にされた。

酔っ払い二人組にキャッチボールのようにもてあそばれ、最後には壁に投げつけられた。

被毛にライターで火をつけられたりもした。昔は「つやつやできれいだね」と褒められていた、自分の毛を。まあ、どうせ火で炙《あぶ》られなくてもすでに禿げ散らかしている毛だったが。

何もかもどうでもよくなってしまったネロだったが、ひとつだけ強い想いがあった。

——人間なんて。人間なんて。人間なんて。

〝大嫌いだ。〟

ネロの中に存在している感情は、人間すべてに対する憎悪、ただひとつだった。

——銀ちゃんが話してくれたネロの過去は、あまりにも壮絶で悲しくて、許せなくて。私は気づいたら涙を流していた。

「どうして。どうして家族として迎えた子を。いらなくなったって、簡単に捨てられるの？」

小さく丸くなって眠るネロを眺めながら、私は掠れた声で言う。

猫は安心し、リラックスしていると伸びたりひっくり返ったりして眠ることが多い。しかし、耳を時折ピクピクさせて、爪を出しっぱなしにしているネロは、いつでもすぐに身構えられるようになっている。

常に危険に置かれていたネロは、安心して眠ることもできないのだろう。

「だから、言っただろう。そんなに珍しくないのだよ、こんなことは。能天気なお前は知らんかもしれんがな」

私の隣にちょこんと座り、ネロを見据える銀ちゃんは淡々と言う。しかし、どこか寂しそうな口調に聞こえたのは、私の気のせいではないと思う。

「でも、そんな人間ばっかりじゃないよ」

「わかっている」

私の言葉をすぐに銀ちゃんが肯定してくれて、少しだけ気持ちが落ち着いた。

ずっと、一生、ネロを大切にしてくれる人に。次こそは、いつか眠りにつく日まで、温かい家で過ごせますように。私は強くそう願った。

しかし、こんなに傷だらけで、人間すべてに牙と爪を向けてしまうような子を、快く迎えてくれる人なんているのだろうか。

暗雲が漂うネロの先行きに、私はひどく不安を覚えるのだった。


ネロが来てから三日が経った。

相変わらず人の顔を見るだけで、低い唸り声を上げてくるネロ。しかし、さすがに空腹には耐えられなかったようで、与えたご飯を少しずつ食べるようになった。

誰も見ていない時間に、隠れるようにしか食べなかったけれど。『人間が出した食べ物なんて食えるか！』と常に言っているから、私たちの前で食事をするなんてプライドが許さないのだろう。

見えていないところで食べれば、彼の中では人間に屈したことにはならないらしい。

そんな彼の定義は、かわいそうだけど、いじらしかった。

その日も勤務中に、ケージに入れられたネロの様子を見に行く私。今のネロの感じでは、お客さんの相手をするのなんて到底無理だから、ケージは常に倉庫部屋に置かれている。

「あっ！」

ケージの中のネロを見て、私は焦った。エリザベスカラーが外れて、ネロはお腹の毛を乱暴に毟《むし》っていた。

傷口が気になるのもあるだろうけど、猫はストレスが溜まると自分で自分の毛を嚙みちぎってしまう子がいる。ネロもそんなタイプの猫のようだ。

「だ、だめよネロ！」

慌ててケージの扉を開けて、エリザベスカラーを付け直そうとする。しかし、ネロはギャー、シャー、と私を強く威嚇《いかく》し、牙を剥いた。

ケージの中に突っ込んだ私の手の甲に爪を立てる。爪は、病院で診察してもらった時に、鎮静剤で大人しくさせてから切ってもらっていたので短くはなっている。

だから怪我はしなかったけれど、それでも強い力での猫パンチは手を痺《しび》れさせた。

『近寄るな！　人間めっ！』

憎々しげな声が脳内に直接響く。無理やりにでもエリザベスカラーを装着しなければならないけれど、これ以上嫌がることはなるべくしたくなかった。

どうすればスムーズに付けさせてくれるかな。『あっち行け！　人間！』と怒鳴りつけるネロを眺めながら、私が困っていると。

「どうしたの？　美琴ちゃん」

「静香さん！」

本日勤務が被っている静香さんが、両手で段ボールを抱えて部屋に入ってきた。宅配便で届いた荷物を置きに来たようだ。

「ネロのエリザベスカラーが外れちゃったんだけど、素直に巻かせてくれなくて……。でも毛を毟っちゃうし、傷口もいじっちゃうと思うから、早くつけなきゃいけないんだけど」

ネロの状態を静香さんに見せながら私は状況を説明した。ネロは静香さんに対しても威嚇を始める。

「なるほどね」

静香さんはネロの敵意に動じる様子もなく、あっさりとケージに近づくと、ギャーギャー叫び続けるネロの顔を手のひらで覆った。

視界を遮られたネロは、叫びをぴたりと止め、戸惑ったように固まった。

「え……？　なんでこんなに簡単に大人しくなったの？」

「猫は視界を塞がれるとどうしたらいいかわからなくなっちゃうんだって。さ、今のうちにお願いできる？」

「う、うん！」

静香さんに促され、慌ててネロの首にエリザベスカラーを巻き直す。装着し終えると、静香さんはネロから手を放した。すると数瞬後、思い出したかのように唸り声をネロは上げ始める。

『な、何しやがんだ！　やめろよっ』

人間に対してはとりあえず敵意を向けなければならないという使命感に駆られているようで、ネロがここに来た初日からよく見せる抵抗の仕方だった。

「ありがとう！　助かったぁ」

無事一仕事終えて安堵した私がそう言うと、静香さんが控えめに笑ってこう答えた。

「大変だよねえ、こうなっちゃった猫ちゃんのお世話は」

ケージの中のネロをじっと見つめる静香さん。ネロは相変わらず暴言を吐いているけど、最初に猫又にやってきた時よりも、少し鋭さがなくなっている気がする。

というか、静香さんに対しては、私よりもキツさがないような……？

もしかしてネロはほんの少しだけ、静香さんには心を開いているんだろうか？

そう思ってふと静香さんの表情を見ると、そのきれいな瞳にはなんとなく悲しいような切ないような気持ちが宿っているように見えた。

そういえば、ネロがここに来てから、静香さんはたまに考え事をしているようで、ぼんやりしていることがあった。

ネロを見る時はいつも、今のようにどことなく悲しそうな光を目に湛《たた》えていたような覚えがある。

猫が大好きと公言していて、にゃんこグッズも多く持っている静香さんは、どの子にも優しく愛情を持って接している。しかしネロに対してはなんとなく特別な感情を抱いているような素振りがある。

「静香さん、ネロのこと気になってる？」

私がそう尋ねると、ネロをぼんやり眺めていた静香さんは、はっとしたような顔をした。そしてぎこちなく微笑む。

「昔飼ってた猫がね。傷だらけで家の前に迷い込んできたのが、最初だったの。だからなんとなくネロを見てると、その時のことを思い出しちゃうんだよね」

「そうだったんだ」

そういえば、昔は猫を飼っていたけれど、今は一緒に暮らしてはいないと言っていた。猫カフェで働くほど無類の猫好きなのに、自分で猫は迎え入れないのだろうか。

「もう飼わないの？」

何気なく聞いてみた。すると静香さんはネロを見る瞳を細めた。やけに寂寥《せきりょう》感が漂っている。

「うん」

その様子から、前の猫とのお別れが悲しいものだったのかなあと想像する。もう猫と暮らすことができないと思えるほどに。

いわゆるペットロスというやつだろうか。先日、ポン太の里親になった悠太くんのお父さんも、昔飼っていた猫のことを思い出すと悲しいからと、ポン太を引き取ることを躊躇していた。

しかし静香さんは、猫又で働いて積極的に猫と関わっている。昔の猫のことを引きずっている人が、猫の世話を進んでやりたいと思うだろうか？

あ、でも、自分で飼って最後まで看取るのと、猫カフェの猫の面倒を見るのとでは、心情的には全然違うか——。

などと、私がひとりいろいろと考えていると。

「私はもう、猫と暮らしてはいけないの。私にはそんな資格、ないから」

「資格……？」

一体どういうことなのだろう。猫の生態をよく理解していて、心からここのみんなをかわいがっている静香さんほど、猫の飼い主として向いている人はそうそういないと思うけれど。

体調が悪い子にも静香さんはすぐに気づくし。

しかし、「猫を飼う資格がない」という言葉には、ただのペットロスではなく、もっと重く複雑な事情があるように思えた。

「静香さーん！　ちょっとこっち手伝ってくれますか？」

「あ、はーい！」

詳しく聞いてみようと思ったけれど、透真さんにメインスペースから呼ばれてしままい、静香さんはネロのいる倉庫部屋から去ってしまった。

その後も、改めて尋ねるのもなんとなく気まずい話題に思えたから、気になりつつも私は彼女に聞くことはできなかった。


雨が降ったり止んだりの日が続く。降雨のない日でも、湊上の空は常に分厚い灰色の雲に覆われていて、太陽はとても遠い。

そんな日の午後一に猫又に出勤すると、部屋の真ん中に黒猫が寝そべっていた。毛足が長くて、やたらと艶《つや》がありキラキラと光っている。全身から漂う神秘的なオーラは、どこか銀ちゃんを思わせる。

——ということは。

「雨宮さん。おはようございます」

その黒猫は、少しだけ顔を上げると、聞き慣れた涼しげなイケボでそう言った。

「誰かと思いましたよ、透真さん。なんで猫の姿になってるんですか?」

猫又は本来は猫の姿だが、人間をはじめとした様々な姿に変化《へんげ》できると前に聞かされた。つまり、普段の透真さんは変化後の姿で、現在のかわいらしい猫の姿が本来の彼ということになる。

「この姿の方が落ち着くんですよ。実は常に妖力を消費しているので、少しずつ疲労が溜まっていくんですよね。まあ、普段なら気にならない程度なんですけど、こう雨が続くとずっと調子が悪くて……」

「なるほど」

猫又も大変だなあと、少し疲れた声で言う透真さんに同情する私。しっかし、人間モードの時に勝るとも劣らない美形猫だ。

灰の目は水晶玉のように透き通っているし、毛並みも月が輝いている闇夜のように、光沢を放っている。猫又って全員こんなに見目麗しいんだろうか。銀ちゃんの人間モードも見てみたいなあ。

「あ、でもまずいんじゃないですか？　お客さん来たらその姿見られちゃいますよ。静香さんだって、この後勤務入ってましたよね？」

今は偶然お客さんはいないけれど、常連さんが来たら普段はいない猫だと気づくんじゃないだろうか。

「お客さんにはたまたま預かっている猫的な感じで説明しておいてください。静香さんが出勤するまではあと三十分くらいはあるはずなので、それまでには戻りま──」

出入口の扉が開く音がした。はっとして私が振り返ると、そこには目を見開いて驚《きょう》愕《がく》したような顔をした静香さんの姿があった。

「ごま……⁉」

「し、静香さん！　おはようございますー！」

信じられないというような面持ちで、謎の単語を呟いた静香さんの視界を遮るように、彼女の眼前に立ち塞がる。透真さんの姿を隠すように。

——すると。

「おはようございます、静香さん。早いですね」

私の背後から聞こえたのは、透真さんの声。えっ、と思って見ると、作務衣《さむえ》を身にまとった、いつもの青年姿の透真さんがそこにはいた。服の着こなしまでばっちりだ。あれ、こんな一瞬で人間に戻れるんだ。猫又の妖力って凄まじいな。

「え、ええ。用事が早めに終わったので、その足で来てしまいました。……あの、さっきそこに長毛の黒猫いませんでしたか？」

「い、いないよっ。うちに今いる黒猫は短毛のネロだけでしょっ？」

声が裏返ってしまい、あからさまに誤魔化しているような感じになった。「嘘が下手ですね」という、透真さんの小声の呟きが聞こえた。すみませんね。——しかし。

「……そうだよね」

静香さんは、私の取り繕ったような言葉を微塵も疑わず、そのまま信じてくれたようだった。安堵するも、彼女の表情がひどく切なげで、私は眉をひそめる。

「静香さん、どうかしたの？」

「あ……。ううん、あんまり気にしないで。さっき見えた気がした猫が、昔私が飼っていた猫にすごく似てて」

「あ、『ごま』ってもしかして、その猫の名前？」

「うん、そうなの。あはは、私どうかしてるのかな？　死んじゃった猫の幻覚が見えるなんて」

それ幻覚じゃないから、大丈夫だよ。……と言ってあげたくなったけれど、もちろんそんなことはできない。歯がゆい。

「な、なんだろうね。目が疲れてるとか？　あんまり無理しないでね」

「ありがとう、大丈夫。それにごまよりもやたらと綺麗な猫だった気がするから、そもそもごまの幻覚じゃないのかも。どこかで見た猫でも浮かんできたのかな……。本当になんでもないから、気にしないで」

「う、うん」

いくつもの嘘をついてしまったことに私は心苦しくなる。それにしても、静香さんが昔飼っていた猫も黒猫だったのか。毛の長さは違うといえど、ネロも黒猫。

しかも、傷だらけの状態で静香さんと出会うというところも共通点だ。静香さんがネロを気にかけるのも頷ける。

その後、透真さんに指示されて、静香さんとふたりで猫のトイレ掃除をしたり、ちゃぶ台の上を拭き掃除したりしていると。

「こ、こんにちはっ」

毎日のように聞いている、緊張気味の大きな声の挨拶。私は店内に入ってきたその人物の姿を認めると、からかうように口元を笑みの形に歪《ゆが》めた。

「あ、暇な人だ」

「だから暇じゃねえよ！　今日は定休日だしいつもだって休憩時間に来てるっつってんだろ！」

私の茶化すような言葉に、つかつかと詰め寄りながら反論しに来る太一兄ちゃん。必死だなあ。

まあ、「毎日の休憩時間にただなんとなく休みに来ているだけで他意はありません」という体《てい》でいなきゃならないもんね。

「太一さん！　いつも来てくれてありがとうございます」

静香さんが『遊んで遊んでー！』と、すり寄ってきている大福を撫でながら、にこりと微笑んで言う。

――あれ。

さっきまでかなり寂寥感漂う面持ちをしていたのに、一瞬で明るい笑顔になったなあ。もしかして静香さん、太一兄ちゃんに対してそれなりに好意を持っている？

ちょっとそう思ったけれど、静香さんは誰にでも優しいし、お客さんに対してはいつも親しげに接しているのを思い起こす。

まあ、太一兄ちゃんのことを嫌っているわけではないと思うが、両想いと確信するには少し尚早だろう。

「さ、今日ものんびりしていってくださいね。大福くんが遊びたそうなので、構ってくれたら嬉しいです」

「おっ、子猫ですね！　いやあ、かわいいなあ」

あんたがかわいいと思っているのは子猫じゃないだろう、と心の中でこっそりとからかう私であった。

そして透真さんに頼まれて、しばらく倉庫部屋で作業をして戻ってくると、静香さんは部屋の掃除をしながら太一兄ちゃんの相手を続けていた。

「あっ！　そういえば、この前静香さんの小説読みましたよ！」

ちゃぶ台について、ドリンクバーで汲んできたらしい緑茶をすすりながら太一兄ちゃんが言った。

「えっ！　私の小説をですか……？　十代の女子向けの小説ですけど、太一さんにはつまらなかったんじゃ……」

「いえいえ！　とんでもないです！　大変楽しく読めましたよっ。主人公の女の子の純粋な恋心と、女の子のすべてを受け止めるかっこいい男の子との恋物語……。いやあ、とても心が洗われました！」

「………」

私が幼稚園の頃、「読書なんてしねえから読書感想文なんてどうしたらいいかわかんねえよ」って夏休みの宿題に泣きそうになっていたくせに。

静香さんとお近づきになるために、少女漫画のような表紙の女子向けライトノベルをおっさんが買って熟読したというわけか。その姿を想像し、噴き出しそうになったけれど、慌てて堪える。

「一番最近出た本が特によかったです！　とても初心《うぶ》なふたりの関係が、青春って感じで」

「一番最近……もしかして『夏の君は光り輝く』ですか？」

「そう！　それです！　いやー、本当に感動的で清々しい気持ちになれる話でした」

「…………。あれ、最後にヒロインがヒーローを殺して一緒に死ぬ話ですよ？」

「えっ……？」

思いもかけない静香さんの言葉に、虚を突かれたような声を上げる太一兄ちゃん。

「それに私の他の話も、前半は普通の青春物に見せかけて最後は殺人が起こったり怪奇現象が発生したりする、ホラーやミステリーですが……」

静香さんが言いづらそうに説明した。私も知らなかったことなので驚いた。静香さんの本を書店で見たことはあったが、読んだことはない。表紙はどれもかわいらしい少女漫画風のイラストだったので、そんな内容とは思わなかった。

と、静香さんの風貌からして、涙を誘うような恋愛メインのストーリーなんじゃないかと、勝手に思い込んでいた。

「え、あ、あの……」

「太一さん、もしかしてあらすじだけ読んだんですか？　あらすじはネタバレを伏せていて、王道の恋愛小説風な内容に見せかけているので……」

すると少しの沈黙の後、太一兄ちゃんは勢いよく深々と頭を下げた。

「す、すみませんっ！　実は本を読むのは苦手で……」

うん、私は知ってたよ。

「それで、静香さんのおっしゃる通り、買ったはものの読めないまま、あらすじと表紙だけで内容を判断してしまいました……。つい、静香さんとお話ししたくて……。大変失礼なことをしてしまい、申し訳ありません！」

あちゃー。これはまずいのではないだろうか。静香さんが精魂込めて書き上げた作品を読みもせずにしたり顔で感想をほざくなんて。温厚な彼女が怒っても無理はない。と、私は思ったのだけれど。

「あはは！　そんなに無理して読んだふりしてくれなくて大丈夫ですよ〜。知り合いに読まれるのってなんとなく恥ずかしいですしね」

静香さんはまったく気に障ったような様子を見せず、太一兄ちゃんの態度を笑い飛ばした。

「恥ずかしい……？　そうなんですか？」

「そういうもんなんですよー、あ、そうじゃない作家さんもいるとは思いますが……。

むしろ太一さん、ありがとうございます」

「え？」

「私と話すために、読んだふりをしてくれたじゃないですか。私も太一さんと話すのは楽しいので……。そう思ってくれていたんなら、嬉しいですよ」

にっこりと静香さんに笑いかけられて、気まずそうな顔をしていた太一兄ちゃんの表情がみるみるうちに明るくなっていく。

あれ。やっぱり、静香さんって太一兄ちゃんのことそれなりに好きなのかな？

社交辞令とは思えない今の彼女の言葉から、そんな印象を受ける。

その後も、仕事の合間に楽しそうに談笑する静香さんを見ては、太一兄ちゃんの身の程知らずの恋がもしかしたら成就してしまうのかもしれない、大事件の予感だ、とちょっとワクワクしてしまう私だった。


太一兄ちゃんと静香さんの関係がひょっとすると……!?　と感じてから数日後。

「料金は、最初の三十分が六百円で、延長十五分ごとに三百円です。おやつは百円で販売しておりますので、ご購入の際はお申しつけください。入り口横の手洗い場で、石鹸で手を洗って消毒をしてから、中へどうぞ」

出入り口で私がシステムの説明をすると、初来店の子連れのお客さんは手洗い・消毒をしてから店内へと入っていった。

「猫ちゃん！　いっぱい！」「追いかけちゃだめだよ、優しくね」という会話が聞こえてきた。

『こんにちは〜』『おやつちょうだい〜』という猫たちの声も頭に響いてきて、微笑ましい気持ちになる。

そしてそろそろトイレ掃除をしようかな、と店内奥へと入ろうとした時だった。

再度出入り口が開いたので、お客さんかと思い、私は振り返る。

しかし扉を開けたのが、例によって太一兄ちゃんだったので、私は浮かべかけていた営業スマイルを崩した。今日も業務の昼休みに、静香さんに会いにやってきたのだろう。

「いらっしゃーい」

「お、おう」

私のやる気のない声など気にも留めずに、店内をきょろきょろ見回す太一兄ちゃん。

「今日は静香さんは休みだよ。残念でした〜」

おちょくるように絶望をつきつけてやると、あからさまにがっかりしたような顔をした太一兄ちゃん。しかし、私の手前すぐにはっとしたような表情になり、

「は？　なんで静香さんの話になんだよ！　俺は猫を見に休憩しに来てるって言って

るだろうが！」

と、いまさら取り繕うようなことを言う。もうそういうのいいから、と言いかけた私だったが、再び扉が開いたので口を噤《つぐ》む。

「こんちはー！　いつもの持ってきました！」

入ってきた人物は、いつものように発泡スチロールの箱を持ちながら、元気よく言う。百汰《ももた》による、週一回の真田堂からの定期便だった。

隣に住んでいるが、お互い仕事をしているためか、なかなか百汰と会うことはない。今回も先週この機会に会った以来だった。相変わらず爽やかに笑うなあと、他人事《ひとごと》のように思うと同時に、昔はこの笑顔にドキドキしっぱなしだったことを懐かしむ。

「百汰、いつもご苦労様」

「おう、ミコ。仕事は慣れたか？」

透真さんは、ちょうど買い出しのために外に出ていた。百汰が来たら代わりに受け取っておいてくださいとあらかじめ言われていたので、言われた通りに対応する。

「あ、太一くん。猫カフェとか来るんだ？」

百汰も私と一緒で、太一兄ちゃんとは幼い頃からの付き合いだ。一緒の商店街で働く若者同士、時々ふたりで酒を酌み交わすこともあるとか。

「太一兄ちゃん常連だよー。まあ猫を見に来てるわけじゃないけどね」

「えっどういうこと？」

「静香さんっていうアルバイトの女の人に恋しちゃってさあ。それ目当てに通ってんの」

「はあ⁉　何言ってんだミコ！　なんでわかったんだ⁉」

静香さん以外の猫又関係者が全員察していることを私が当たり前のように話すと、何故か太一兄ちゃんが憤慨した。

いまさらなんなんだ。猫ですら全員知ってるんだが。子猫の大福さえも。

「は？　まさかバレてないと思ってたの？」

「えっ……」

「見ればわかるけど。静香さんはちょっと天然なとこあるからわかってないみたいだけどさ」

「そ、そうだったのか。でも静香さんが気づいてないなら……まあ、いっか」

私に見抜かれていたことに多少ショックは受けていたようだが、当の本人には知られていないことからか、すぐに気を取り直した様子の太一兄ちゃんであった。

「つまり、太一くんが猫カフェの店員の静香さんって人を好きで、アタックするために通ってるってこと？」

興味深そうな顔をして百汰が尋ねてきたので、私は頷いた。

「そうなんだよー。でも太一兄ちゃん奥手でさあ。さっさとお茶や食事にでも誘えばいいのに、そういうこともしないでここに通ってお話するだけなの。焦《じ》れったいったららありゃしないよ」

「くっ……。五歳も下のミコに恋愛ごとでおちょくられる屈辱……。でも何も言えねえ……」

「まあ、今は恋愛とか難しいかもね。静香さん」

「えっ！　それって無理ってことかよ⁉」

私の言葉に絶望的な顔をして太一兄ちゃんが詰め寄ってくる。純情な中学生かこの人。

「いや、太一兄ちゃんがダメとかそういうんじゃなくて。最近いろいろあって元気ないんだよ、静香さん」

ネロが来てから、静香さんはやたらと寂しそうな顔をすることが多く、心ここに在らずという感じだ。

前に話していた「私は猫を飼う資格がない」ということに関係していると思うが、なんとなく聞き辛いことなので、やはり尋ねられていなかった。

「ああ。もしかして、猫のこと？　昔飼ってた猫と関係してる話じゃね？」

太一兄ちゃんの口からその話題が出てくるとは思っていなかったので、私は驚かされた。

「え、太一兄ちゃんその話知ってるの？」

「うん、静香さんからこの前聞いたんだ。今は猫飼ってないんですか？　って聞いたら、昔飼ってた猫と悲しい別れをしたからって」

「へえ……」

太一兄ちゃんにそんなことまで話すんだ、静香さん。私にとって彼は悩みを打ち明ける対象ではないから、意外に思えた。どうやら、私と静香さんでは、太一兄ちゃんの立ち位置が異なるらしい。

「それで、私はもう猫を飼う資格がないからって」

「あ！　それ私も言われた！　なんでそう思うんだろう？」

「病気になった猫をうまく看病できなかったとか、そんな話をしてた。でも、俺猫飼ったことないし、資格とか言われてもよくわかんねえんだよ……。静香さんみたいな優しい人なら、猫だって飼われて嬉しいんじゃねえのってしか思えねえ」

太一兄ちゃんの言葉尻がどんどん弱気になっていった。意中の彼女に悩みを打ち明けられたけれど、自分がまったく役に立てず、その無力さにやるせなさを覚えているのだろうか。

それにしても、病気になった猫をうまく看病できなかったとは、どういうことなのだろう？

病気になって治らなくて亡くなってしまったのなら、悲しいけれど仕方のないことだ。静香さんなら、ちゃんと病院に連れていって適切な看病をしているはずだし。

「ねえ、太一兄ちゃん。病気になった猫の話、詳しく聞いてるの？」

「聞いてるけど……。ごめん、もうそろそろ店に戻らなきゃならねえわ。それにこういったことは本人から聞いてくれよ」

気になりすぎて思わず尋ねてしまったが、確かに太一兄ちゃんの言う通りだ。内面の悩みのことを他人がベラベラ話すのはデリカシーに欠けている。一見、ガサツで無神経そうに見える太一兄ちゃんだが、そういった気遣いはあるのだ。

そして太一兄ちゃんが帰った後、あらかじめ透真さんが用意してくれていたお金で精算をし、百汰からかまぼこの領収書を貰った。

「いつもありがとうね。猫たちも真田堂のかまぼこは大好きだよ」

言いながら、百汰が持ってきた発泡スチロールのケースを持とうとする。

「持てるか？　結構重いぞ」

「大丈夫～」

心配そうに言う百汰に、軽い口調で私は答え、屈んで発泡スチロールのケースの底を両手で持ち上げた。――しかし。

「わっ？」

百汰の言う通り、ずっしりとかまぼこが入っていたらしいそれは私の想像以上の重量で、いったん持ち上がったはいいものの、足元がふらついて転びそうになってしまった。

すると、私の背中と肩をそっと支える大きく優しい手のひらの感触があった。

「まったく、危ないなあもう」

耳元で、百汰の優しい声が響く。誰にでも親切なところは、本当に昔と変わっていない。彼のこんなところに勘違いをして、好意を持ってしまう女の子は多かったと思う。自分も含めて。

「あ、あ、ありがとう」

「気をつけろよ、ミコはチビで非力なんだからさ」

「チ、チビで悪かったね？」

くすくす笑いながらのからかいに、私は定型の返答をする。

しかし、親しみが内包されているように感じた百汰の言葉は、実はまったく悪い気はしなかった。そんなこと、言わないけど。

結局百汰は冷蔵庫がある倉庫部屋まで、発泡スチロールのケースを一緒に運んでくれた。

倉庫部屋のケージにいたネロは、百汰の姿を見るなり『オスの人間はメスの人間より嫌いだ！　あっち行け！』と威嚇を始めた。

しかし百汰は「おー、元気がいいなあ」と微笑ましそうに眺めているだけだった。

その後、少しの間私と百汰の間に沈黙が流れた。そういえば、ふたりきりになるのなんていつぶりだろう。昔はどんな話をしていたんだっけ。

「な、なんかありがとうね。手伝ってもらっちゃって」

とりあえずかまぼこを運ぶのを手伝ってくれたことのお礼を、私は軽い調子で言う。

「あー、別にいいってこれくらい」

「い、いやあ。密室にふたりなんて、彼女さんとかいたら悪いかなってさあ」

言った後、しまったと気づく。なんでわざわざ自分からそっち方面の話に持っていってしまったのだろう。

だけど何も話さないのも気まずい気がして、他に話題が思いつかなかったから、咄嗟に言ってしまったのだった。

すると百汰は半眼で私を見た。少し苛立っているような面持ちだったので、私は焦った。

「なんだよそれ、フリーの俺に対する嫌味か」

大げさに不貞腐れた顔をしていたので、冗談交じりに言っているということがわかり安堵するも、彼のその言葉に驚く私。

「え！　彼女いないの⁉　真田堂の跡取り息子なのに⁉」

「…………。傷口を抉《えぐ》るなよ」

「ご、ごめん。でも本当にびっくりして……。境遇的にさっさと結婚しろって言われてると思ったからさ」

私でさえ母親や近所の関係ない人から結婚の心配をされているのだから、百汰なんてなおさらいろいろな人からせっつかれているはずだ。

するとは百汰はばつが悪そうに笑ってこう言った。

「まあ、親戚とかには言われるけどさ。仕事するのが楽しいし、うちの家族はその点にはわりと寛容なんだよ。俺の人生だから、好きなようにしていいって」

「へえ、そうなんだ」

確かに、百汰のご両親はいい意味で放任主義だった覚えがある。子供の頃に一緒に行ったお使いのお釣りをちょろまかした時くらいしか、百汰がご両親に怒られているのを見た覚えはない。

「つーか相手もいないし社会人になってからは出会いもないのに結婚できるわけないじゃん。かといって見合いだと相手のこともよくわかんないままそういうこと考えなきゃいけないだろ？　俺の性に合わないんだよ」

「私はお見合いなんてしたことも考えたこともないからよくわかんないけどさ。仕事で出会いとかないんだ？」

「ないねー。かまぼこ関係の仕事先なんて親父の年代の人ばっかりだよ。若い人は透真さんくらい。あ、でもミコは東京にいたんだろ？　東京なら職場恋愛なんかも多かったんじゃない？」

突然私の話になったので一瞬口ごもってしまう。東京で出会い……。

「そんなの仕事が忙しすぎてなかったよ……。私が帰ってきた理由、聞いてるでしょ？　お母さんが言いふらしてるみたいだから」

溜息交じりに私が言うと、百汰ははっとしたような顔をして、ぎこちなく微笑んだ。

「お、おう。体壊したんだったよな……。なんか、ごめん」

「………」

働いていた時のいろいろな光景が頭の中に断片的に蘇り、思わず押し黙ってしまう。私もそれなりにちゃんとした会社で働いていれば、今頃花の東京生活を楽しめていたのに。

「でもちょっと意外」

暗い気持ちになり俯《うつむ》いている私だったが、百汰にそう言われて顔を上げた。

「何が？」

「この前も言ったけど、ミコ雰囲気変わったからさ。てっきりいい人でもいるのかと思ったよ。大人っぽくなったのは、東京で仕事頑張ってきたからなのかな」

「え、あ……。お、大人っぽくなったというか、仕事超頑張って頑張りすぎて、老けただけなんじゃないかなっ？」

嬉しくなるようなことを百汰に言われて狼狽《うろた》えてしまうも、自虐的に誤魔化す。すると彼は、くすりと笑った。

「大丈夫、老けてないよ。むしろきれいになったと思う」

「えっ……！　そ、そうかな？」

そんなことさらりと言わないで欲しいんですけど。遠い昔のこととは言え、初恋の相手なのだから。

「まあ、お互いに頑張ろうぜ」

私の複雑な思いになんてまったく気づいた様子もなく、百汰は爽やかに微笑む。

「う、うん」

「じゃあ仕事あるから、もう戻るわ。ミコも猫カフェの仕事頑張ってな」

「うん、ありがとう」

百汰のさっきの言葉のせいでいまだに気持ちは落ち着かなかったが、特に深い意味はなく言っているようだったので、あまり気にしないようにしようと、私は心に決める。

「微妙な幼馴染の関係ってやつか。なかなか楽しいじゃないか」

百汰が倉庫部屋から出ていった後、いつの間にやらいたらしい銀ちゃんが、ちょっと小馬鹿にするような声で私に言った。

「はあ？　そういうんじゃないですから」

しかめ面を作って答える。一度振られているし、もうなんとも思っていないのだから茶化さないでほしい。

「お互いフリーらしいじゃないか。くっついてしまえばいいのに」

「あのねえ。だからそういうんじゃ……」

「それより、新しいかまぼこが来たのだろう。あとでよこせ」

私の言葉を遮ってそう言うと、銀ちゃんはすたすたと倉庫部屋から出ていってしまった。まったくもうなんなのだ、妖怪のくせに人間の話に首を突っ込まないでほしい。

銀ちゃんの言動には苛立ったけれど、しばらくの間太一兄ちゃんと百汰と話し込んでしまったことで仕事をしていなかったので、私は慌てて猫カフェの業務に取り組んだのだった。


ネロが猫又に来てから一週間。その日は十五時から勤務が入っていたので、私は昼下がりに雨を傘でしのぎながら猫又へと向かった。

入店し、小袖に着替えるために倉庫部屋に入ると、私はそこで驚くべき光景を目にした。

「ネロ！」

思わず声を上げてしまい、静香さんに「しっ」と静かにのジェスチャーをされて、慌てて口を閉じる。しかし眠っていたネロは起きず、私は安堵した。

そう、ネロは眠っていた。心地よさそうに、だらんと体を伸ばし、静香さんに身を任せて。ケージの中ではなく、静香さんの膝の上で。

「すごい……！　あのネロが！」

私は驚嘆の声を漏らした。もちろん、ネロが起きないように声をひそめてだが。

「ここ数日、あまり威嚇してこなくなったの。さっきね、『にゃー』って甘えた声で鳴いたから、ついケージから出しちゃって。そしたら私の膝の上に乗ってきて、そのまま眠ったの」

私には昨日も『あっち行け！』とナチュラルに吠えてきたけれど。静香さんの優美なオーラは、やさぐれた猫すら手懐けてしまう力があるのか。

「やったー！　一時はどうなることかと思ったけど、この調子なら、他の人間にも心を許してくれる時が来るかも！」

「そうね」

私の言葉に微笑んで頷く静香さん。しかし、やはりその笑みはどこか寂しげに見える。ネロが絡むと、彼女はよくそんな顔をする。

『……！　おい！　なんだお前いつの間に！』

すると、深く眠っていたように見えていたネロが突然目覚め、私の姿を認めると静香さんの膝の上から飛び退いてシャーと威嚇してきた。

うう、やはり私にはまだ気を許してくれていないんだね。

「あら、ネロごめんね。起こしちゃったね。さ、お家に入ろう」

静香さんにそう諭され、『ふん』と言いながらも素直に彼女に抱っこされて、ケージの中へと戻るネロ。私に対する態度とはえらい違いである。

少し悲しくなるも、人間すべてを嫌っていた頃に比べれば、大幅な前進に思えたので、安心感が芽生えた。

「ずいぶん静香さんが好きなんだねー、ネロ」

ケージをのぞき込んで、からかうように言う。ネロは先鋭な視線を私に突き刺したが、反論せずにぷいっとそっぽ向いた。そしてぶっきらぼうにこう言う。

『ふん。別に好きなわけじゃない。……でも、静香は嫌いじゃない。美琴も人間にしてはマシな方だけど、まだちょっと嫌いだ。だから近寄るな』

おお、私もそれなりの評価をいただいているではないか。嬉しくてネロと話したくなったけれど、静香さんの手前それはできない。

残念に思いながらも、私はケージの隙間から指を入れて、ネロの背中を少しだけ撫でて好意を表した。

「好かれてるのかなあ、私」

静香さんがネロを優しく眺めながら言った。私は勢いよく首を縦に振る。

「そうだよ！　あんなに人間嫌いの子が膝の上で寝てくれるなんてすごいよ！　静香さんは猫に好かれる体質なんだねー。猫又の他の子たちも、みんな懐いてるし」

「そう？　私も猫たちみんな好きだから、それは嬉しいな」

朗らかに微笑む静香さん。しかし瞳に翳《かげ》る一筋の切なさが、やはり気になる。私は例の件について、尋ねることにした。

「ねえ。前に言ってた、『私は猫を飼う資格がない』って、どういうことか聞いてもいい？」

静香さんは窓の外を眺めた。梅雨の長雨はしとしとと窓ガラスを叩いている。

「太一さんには話したんだけどね」

外に視線を合わせたまま、静香さんが静かに語り出した。愛する猫との悲しき今生の別れを。

静香さんが昔一緒に暮らしていた猫・ごま。傷だらけだった子猫が当時独り暮らしをしていたアパート近くにうずくまっていて、どうしても放っておけず拾ってしまった。

幸い、その頃住んでいたアパートはペット可の物件だったので、迷わず静香さんはごまを飼うことにした。

怪我は病院にしばらく通ったら根治し、ぼさぼさでところどころ抜けていた被毛も、艶やかでふさふさの状態になった。

ごまはとても甘えん坊で、寝る時は布団の中に入ってきたし、常に静香さんの隣をついて回っていたそうだ。

その頃の静香さんは、会社員として総務の事務職をしていた。小説も出版していたが、新人賞を受賞したてだったため、書籍による収入は少なく、会社員と小説家の二足の草鞋《わらじ》を履いた生活は、多忙極まりなかった。

「ごまはそんな私の心の拠《よ》り所だったの。ごまを助けたつもりだったけど、結果的には私が助けられていたと思う」

静香さんは懐かしそうに笑った。

そんな日々が数年続き、小説家としての仕事もコンスタントに貰えるようになった頃だった。

ごまがよく嘔吐《おうと》するようになった。もともと猫は毛玉を吐く習性があるので、嘔吐自体は珍しいことではない。

少し元気はない気がしたけれどご飯は食べられていたし、仕事と執筆業に忙しかったので、しばらく様子を見て改善しなければ病院に連れていくことにした。

しかし、食欲不振の兆候も見られ始め、静香さんは慌てて有休を取って病院にごまを連れていった。

そこで、絶望的な宣告をされる。

「ごまの肺に大きな腫瘍《しゅよう》ができていたの。もう手の施しようがない状態だと言われた。もって一ヵ月って」

肺に腫瘍……いわゆる悪性新生物、癌《がん》のことだろう。早期発見なら完治の見込みがあるが、肥大してしまっていると回復は難しい病気だ。

猫には自分の体調不良を隠す性質があり、飼い主が気づいた頃にはかなり病状が進んでいる、というケースは多々あるそうだ。

獣医師は「飼い主さんの責任ではないです」と、ごまを早めに病院に連れていかなかったことで自分を責める静香さんを励ましてくれた。

それから静香さんは、ごまが一日でも長く安らかな日々を送れるように、全力を尽くすことにした。

腫瘍のせいで肺に水が溜まっていってしまい呼吸しづらくなるので、数日おきに水を抜きにごまを病院へと連れていった。またその際、食事もうまく摂れなくなってきていたごまに栄養を与えるために、一回五千円ほどの点滴も毎回受けさせた。

少しでも楽に呼吸ができるように、高額なレンタル代が必要である酸素室も、自宅に常備した。

そのため、仕事を休んだり、遅刻・早退したりすることが多くなった。同僚や上司は表立って彼女に文句を言うことはなかったが、顰蹙《ひんしゅく》を買っていたことは職場の空気で感じていた。

また、有休や遅刻・早退の理由として、自分の体調不良だと嘘を伝えていた。

動物を飼っていない人にとって、ペットがいかに大切な存在なのかということは、理解され難いものだと静香さんは知っていたから。そんな嘘をつき続けることも、辛かった。

ごまは静香さんの懸命な世話のお陰か、余命一ヵ月と宣告されていたにも拘《かか》わらず、三ヵ月近くも穏やかに静香さんと共に過ごすことができた。

体調がいい日には、おやつを少しだけ食べ、静香さんの膝の上でゴロゴロと喉を鳴らしてくれた。何よりもそれが嬉しかったという。

しかし、静香さんは限界に近づいていた。経済的にも、肉体的にも。

ごまの治療費のために、貯金はすでに底をつきかけていた。ごまのためならお金なんてまったく惜しくはなかったが、実際に貯金がなくなってしまったら、ごまと暮らすこともできない。

また、仕事に穴をあけ続け、とうとう上司に呼び出され、ひどい叱責を受けてしまった。このまま病院に通い続けたら、解雇されてしまう可能性も出てきた。

さらに、小説の〆切をことごとく破ってしまい、担当編集から「次の出版は見送りましょうか」と言われた。

厳しい出版業界では、一度干されてしまえば復活は難しい。幼い頃からの小説家という夢を、どうしても諦めたくなかった静香さんは、仕事と治療で時間がなかったため、睡眠時間を削って執筆を行っていた。

そんな日々が続き、過労で倒れそうになった頃。這うような思いでごまをいつものように動物病院に連れていくと。

『呼吸がかなり荒くなっています。ここからは、猫ちゃんも苦しいだけでしょう。……数日以内の安楽死をおすすめします』

獣医師の宣告はもちろん悲しかった。長くはもたないと知ってはいたけれど、ごまがもうじき旅立ってしまうという現実を、容赦なく突きつけられて。

そう、静香さんは悲しかった。最愛の猫と離れ離れになることが、辛くない人間なんているはずはない。

――だが、それだけじゃなかった。

「私はね、安楽死のことを聞いた時」

静香さんは瞳に涙を浮かべた。そして目元を拭うと、自嘲的に笑ってこう続けた。

「ほっとしてしまったの。やっとこの生活から解放されるって、一瞬思ってしまったの」

体力も金銭面もすでに限界だった。このままごまの看病を続けていたら、仕事も失い、小説家としての道も絶たれ、路頭に迷うことになっていただろう。

だから、これは仕方のないことなのだと静香さんは思い、三日後の安楽死を決断した。

自宅の透明な酸素室の中で脆弱《ぜいじゃく》に呼吸をするごまを眺めて、もう少しでゆっくり休めるからねと、優しく声をかけて安楽死の日を静かに待った。

――しかし処置の当日。静香さんが抱っこしたごまに、安楽死用の薬がチューブから流し込まれた瞬間に。

「私はやめてやめて！　って、取り乱してしまった。もう薬が流し込まれてしまったから、後戻りはできない状態だったんだけどね。……私はさっきまでなんてことを考えていたのだろうと思った。ごまを殺すことで辛さから解放されるって思ってしまうなんて。そうやって諦める前に、私にできることはもっとあったんじゃないか。もっと早く病院に行っていれば。私がもっとごまをよく見ていれば。私じゃなくて他の人に拾われていれば。……そんな風に、頭の中がいろいろな後悔でぐちゃぐちゃになって、病院で泣き叫んでしまったの」

「……そんな。で……も」

ごまはもう苦しかったんでしょう？　苦しくて辛いから、早く楽にしてあげようっていうのは、静香さんの優しさでしょう？

それに、静香さんだって人間だもの。仕事のことや夢のこと、お金のことで苦しくなって、限界だと思ってしまっても、仕方のないことでしょう？

そう言いたかったけれど、しばらく前から落涙していた私は、うまく声を上げることができなかった。

「あの子に注射や点滴が打たれることはもうない。痛みに苦しむこともない。そういう安堵感も確かにあった。……でもそれよりも私が安心したのは、経済的なことにもう苦しむことはないということと、小説や仕事の時間が確保できるということ。きっと、そうだったと思う。だからあの子は、私が殺したも同然なの。私は自分の生活を守るために、あの子を殺した」

「そんなことっ！　ないよ！」

悲しげに笑う静香さんに向かって、やっとのことで私は言った。すると彼女は、ゆっくりと首を横に振る。

「ありがとう、美琴ちゃん。結局のところ、あそこで安楽死させるのが、あの子を苦しみから解放するには最善だったってことはわかっているの。他の人が同じように悩んでいたら、できる範囲の治療をしたのだから、胸を張っていいって私は言える。でもどうしても私は、あの時にほっとしてしまった自分が許せないの。――あの子は死に際に、私を見て何を考えていたんだろう。私のこんな感情に気づいて恨みながら死んでしまったんじゃないかって。あの子のあの時の心の中を知るまでは、私のこの気持ちはきっと消えない。猫カフェで働いているのは、罪滅ぼしの想いもある。それに、カフェの猫たちは死に際をひとりで看取ることはないと思ったから……」

静香さんはごまを心から思っている。かわいがってくれた静香さんをごまが恨むことなんて、あるはずはない。絶対に。

まだ彼女との付き合いは短いけれど、猫又の猫との関わり方を知っているから、私には断言できる。

しかし、私がいくら言ったところで、静香さんの心が晴れることはない。私はごまではないのだから。

もう何も言葉が見つからず、私は溢れ出てくる涙を拭い続けた。そんな私の背中をそっと撫でながら、静香さんは、

「ごめんね、こんな話をして。私は大丈夫だから、気にしないで」
と、優しく言ってくれたのだった。

静香さんから過去の出来事について話を聞いたあくる日のこと。お客さんがちょうどいなくなった時間に、透真さんからネロの今後についての説明をされ、私は呆然としていた。

「参加するのは、三日後に仙台の勾当台《こうとうだい》公園で行われる、フリーマーケットです。静香さんは以前にも行ったことがあるので知っているとは思いますが、保護猫が増えてきたら参加することにしているんですよ。今回は、五匹の猫を連れていきます」

透真さんが説明しているのは、今度大きな公園で開催されるフリーマーケットの会場内で保護猫譲渡会を開く件についてだった。

公園には様々な人が来るし、湊上には来られなくても仙台市内になら来られる人も多いので、間口を広げるために定期的に開催しているとのこと。

別に、保護猫譲渡会自体はいい。むしろ大歓迎だ。これで少しでも多くの猫が優しい飼い主に貰われていくなら万々歳である。

しかし、今回連れていく猫の中に、ネロの名前があったことに、私は驚いていたのだった。

「ネロも連れていくことになっているんですか……？」

静香さんが恐る恐る尋ねると、透真さんはいつもの感情の読めない微笑みを浮かべて、こう答えた。

「はい。ネロのような、とんがった子をお迎えしたいという方も中にはいらっしゃるのですよ。ネロはカフェの営業に出られる状態ではないので、是非とも保護猫譲渡会に出て欲しいんです」

「…………。わかりました。あ、私トイレの掃除してきます」

透真さんの返答を聞くなり、静香さんはそそくさと席を立ってしまった。通り過ぎた時にちらりと見えた彼女の顔が、泣きそうに見えたのは見間違いじゃないと思う。

「透真さん。ちょっと待ってくださいよ」

お客さんがいないのをいいことに、私は透真さんに非難めいた口調で言う。彼はさも不思議そうに首を傾げた。

「何ですか？」

「静香さんはネロを気に入ってるんです。いろいろあって引き取る心の準備はできていませんが……。一緒にいたいと思ってるんですよ、透真さんも知ってますよね？」

「もちろんです。だけど、ここはネロのお家じゃありません。新しいお家を探すための保護猫カフェなんですよ」

「それはそうですけど！」

透真さんは神妙な面持ちになって私を見つめる。そして、諭すようにこう言った。

「静香さんの事情は私も知っていますよ。でも彼女はこのままでは、ネロを飼うことができない。一緒に暮らせる精神状態ではない。だったらネロが老猫になるまで面倒を見てくれそうな、他の人を探す。そうするしかないのです」

「っ……」

それはあまりにも、非の打ちどころのない正論で、言葉に詰まってしまった。しかし静香さんとネロの、ひとりと一匹の関係を間近で見ていた私は、どうしてもそれを素直には受け入れられない。

「ネロは譲渡会に出されること、知ってるんですか？」

「言いましたよ。静香以外の人間なんて嫌だ、飼われるなら静香がいいと言っていました」

「だったら……！」

「静香さんに懐いたのなら、他の人にも心を開く可能性も高いと思います。ネロが一生を穏やかに過ごせる家を見つけるのが、ここの役割です」

何も言えなくなってしまった。現実問題として、静香さんはネロを飼える状態にない。だったら、彼女のことはさておき、新たな飼い主を探すのがネロにとっては最善だ。

だけどやっぱり、静香さんとネロが、パートナーになって欲しいと、私は思ってしまった。ひとりと一匹で、ずっと幸せに穏やかに暮らして欲しい。

普段の様子を見ている私には、それが彼女らにとって、いちばん幸福だと思えてならなかった。


「やれやれ面倒だな。ごまは静香を恨んでなどいないというのに」

今まで部屋の隅の座布団の上で、我関せずというような様子で丸くなっていた銀ちゃんが鬱陶しそうに言った。

「え⁉　銀ちゃん、なんでそんなことわかるの⁉」

「私の力をなめるなよ。静香に触れて過去を覗いた時に、死に際のごまの声が聞こえたのだ。泣きじゃくる静香に、あやつは長々と自分の想いを語っていた」

「なんですって⁉　そんなことが……」

ネロの時と同じように、触れることで人や猫の過去を見る能力を使ったのか。確かにそれなら、ごまの本心を銀ちゃんが知っていても不思議ではない。

――しかし。

「ですが、それを静香さんに伝えるのは難しそうですよね。私たちが死んだごまの気持ちを知っているわけがないのですから」

「そうですね……」

静香さんに説明するには、まず銀ちゃんが猫又という妖怪で……という、彼女にとって奇想天外なことから打ち明けなければならない。本来の姿を隠して人間の世界に溶け込んでいる猫又たちのことを、普通の人間に言えるはずがない。

せっかくごまの静香さんを慕っていた気持ちがわかったというのに。そのことで悩んでいる彼女に、それを教えられないなんて……。

「はー、本当に阿呆だなお前らは。伝える方法なんて簡単だろうが。そうすれば静香がネロを飼えるようになる。静香にとってもネロにとっても、win-winというわけだ」

そんな今時の言葉、妖怪が使うんだなあ。変なことに感心しながらも、私はそう言った銀ちゃんに視線を合わせた。

「え？　だってどうやって説明するっていうの？」

「師匠の能力のおかげでごまの気持ちを知れただなんて、静香さんには説明できませんよ？」

「そんなことわざわざ言わなくてもできるわ」

『はあ？』

思わず声を重ねてしまう私と透真さん。銀ちゃんは一体何を言っているんだろう。

「ここまで言ってもわからんか。本当にポンコツだな貴様ら。私と透真は、偉大なる妖怪、猫又なのだぞ。私は今でこそ力を失っているが、透真にとって変化の術なんてたやすいことよ。喋る猫なんて、普通の人間からすれば神の類にでも見えるのではないか？」

「神……？」

「猫に変化した透真が、人間を超越した存在のふりをして静香と話すなんて訳もないことなのだよ」

そこまで説明されて、やっと話の方向性が見えてきた。傍らの透真さんは苦笑を浮かべ、「え、まさか」と呟いた。

「そのまさかだ。透真、お前は死んだごまから言付けを頼まれた猫神の使者。天国で静香を心配していたごまを気遣って、静香の元にやってきたというストーリーで完璧だろう」

お客さんがいなかったのは好都合だった。出入口の外に掛けられているプレートを慌てて「準備中」に裏返しておき、私と透真さんは例の計画の準備を始めていた。

「あれ、ネロのケージ移すの？」

計画を実行する倉庫部屋にネロがいては、うるさくて支障が出そうなので、私はネロが入ったケージを一時的にメインフロアに移動させようとしていた。

しかし、倉庫部屋でトイレ掃除をしていた静香さんに突っ込まれて、私は慌ててしまう。

「ケ、ケージの下とか周りを掃除しようと思ってっ」

「あ、そうなんだ。よろしくね」

静香さんがあっさり納得してくれたようで安堵する。ギャーギャーと『どこへ連れてくんだ！』と騒いでいるネロが入っているケージを、うまいこと私は倉庫部屋から運び出した。

「準備OKです」

倉庫部屋の外で待機していた透真さんと銀ちゃんに、小声で言う。

「はあ、眠りの術は結構妖力使うんですよね……」

「いいからやれ早く」

「わかりました」

ぼやく透真さんだったが、銀ちゃんに急かされて私にはよく聞き取れない言葉を紡《つむ》ぐ。まるで呪文を詠唱するかのように。――すると。

静香さんが一回あくびをしたかと思ったら、すぐにその場に倒れ伏した。

快適に眠ってもらえるよう、さりげなく静香さんの足元に座布団を置いておいたが、それがうまい具合にクッションになってくれている。

「すごい。本当に寝ちゃった……」

作戦は、まず静香さんを猫又の術で眠らせる。その後に透真さんが猫の姿へと変化をして起こしにいき、夢の中で猫神の使者に会っていると思い込ませる。そして、銀ちゃんから教えてもらった死に際のごまの言葉を、そのままそっくり透真さんが静香さんに伝える、という流れだ。

そしてふと隣を見ると、透真さんはすでに猫の姿へと変化をしていた。艶やかな漆黒の被毛に、神秘的に光る灰の目、凛々しい顔立ち。

もうずっと猫のままでいいんじゃない？　と思えてしまうほど美しい。

でも、猫又の店主が本物の猫だといろいろ不都合があるから、その望みは叶えられない。人間の姿の透真さんも間違いなく魅力的だし。

「演技は苦手ですが、頑張ってみます」

そう言うと、透真さんは足音を立てずにゆっくりと静香さんの方へ向かった。私と銀ちゃんは、倉庫部屋内の棚の陰に隠れて様子を見守る。

そして透真さんは、彼女の頬をその柔らかい肉球で軽く何回か押した。

——すると。

「ん……」

静香さんが目を覚まし、何回か瞬きしたあと、身を起こした。まだ寝ぼけているようで、透真さんの存在には気づいていないようだ。

「にゃあ」

透真さんが澄んだ声で言った。すると静香さんは、びくっと背中を震わせて、彼に視線を合わせる。

「ご……ま……⁉」

信じ難い、という表情で静香さんは透真さんを見つめる。そういえば、以前に静香さんが猫に変化した透真さんを一瞬見た時に、ごまと見間違っていたことを思い出した。

「ん、でも違うわね？　ごまはこんなに美形じゃないなあ」

懐かしむような口調で笑みをこぼす。

「毛もなんだかキラキラしてるし……。新しい子かな？　綺麗な猫ねー」

「静香」

透真さんは、いつもより低めの朗々たる声で言った。浮世離れした美しい外見も相まってか、本当に神秘的な存在に見えた。

「え……⁉　しゃ、喋った今⁉」

驚きのあまり、掠れた声を上げる静香さん。そんな彼女を神々しい光を宿した瞳でじっと見つめる。演技は苦手なんですよねなんて言っていたけれど、私にはもう猫神の使いにしか見えなかった。

「そんなに驚かなくてもよい。私は猫たちを統べる猫神の使い。人語を話すなんて造作もないことよ」

「ね、猫神……？　使い……？　意味がよく……これ、夢なのかしら？」

「そうだ。これは夢。私はごまに頼まれて、お前の夢の中にやってきたのだ」

混乱した様子の静香さんだったが、「ごま」という名前を聞いて、一瞬で神妙な面持ちとなった。

「ごまに、頼まれて……？」

「そうだ。ごまがお前に言いたいことがあるそうだ」

透真さんにそう言われて、口を引き結ぶ静香さん。しばしの間、重苦しい沈黙が場を支配する。静香さんと猫神の使いは、静かに見つめ合っていた。

「あなたのことを、この間一度だけ見た気がするわ。私に話をする機会をうかがっていたの？」

透真さんが湿気のせいで弱って、猫の姿に変化していた時のことだろう。

「……そうだ。この前は他に人間がいたため話せなかった。再び人間界にやってきたら、お前がたまたま眠っていたものでな。だから夢の中に入らせてもらった」

うまいことそれっぽい返しをする透真さんに私が感心していると、静香さんは俯き加減になり、自嘲気味に微笑んだ。

「それで、ごまからのお話って何かしら？　……私への恨み言、かな」

「ごまは、いつまでも自分のことを引きずっているお前を大層心配している。毎日毎日、死者の国からお前のことを見下ろしては『静香、今日も元気がない』とか『静香はなんであんなに自分を責めているんだろう』と言っておるぞ」

「え……!?」

静香さんは顔を上げて、信じられない、とでもいうような面持ちで目を見開いた。

「お前のことを案じているごまは、このままでは天国へ成仏できないのだ。猫神様も大層困っておる。だから、ごまの気持ちをお前に伝えに私がやってきたのだ。ごまの言葉を私は一字一句間違いなく記憶している。では、話すぞ」

静香さんがごくりと、生唾を飲み込む音がこちらまで聞こえてきた。透真さんは彼女を見つめたまま、口を開く。

「『静香。僕をずっと大切にしてくれてありがとう。だけどごめんね、最後に辛い決断をさせてしまって。でも、僕が君を恨むわけなんてない。静香の事情がどうであれ、僕はあそこで静香に見守られて眠るのが、一番よかったんだよ。獣医さんも言ってただろう？　僕を楽にしてくれて、本当にありがとう』」

透真さんの口調は、穏やかで優しさに溢れていた。静香さんに大切にしてもらった猫なら、きっとこんな風な話し方をするだろう――そう想像した彼の気遣いが、深く伝わってくる。

言葉の前にすでに涙ぐんでいた静香さんは、わっと泣き出した。しかしそんな彼女に向かって、透真さんは続きの言葉を紡ぐ。

「『苦しかったんだ、病気になってから、ずっと。早く苦しいの終われって、思ってた。だから病院で眠る薬を貰って、体が楽になっていって、ああよかった、これで終わるって思った。――最後に静香が何を考えていたのかなんて、僕には関係ない。だって、それまでの長い時間静香はずっと僕を大切にしてかわいがってくれていた。最後の瞬間も、楽に眠れるようにしてくれた。僕ほど幸せな猫なんてきっといないよ。僕は静香のことがずっとずっと大好きだ。最後まで僕と一緒にいてくれてありがとう』」

座っていた静香さんは、その場で体を丸めて、嗚咽《おえつ》を漏らす。そんな彼女の頰を、透真さんがペロリと舐める。

「これ。そんなに泣くでない。ごまの心配が消えぬではないか」

「だって……ごまぁ……」

「ごまの気持ち、しかと伝えたぞ。お前ほど猫に愛された人間もなかなかおらぬ。胸を張って生きるように」

「ごまっ……ごま……」

泣きじゃくる静香さんに、透真さんはしばらくの間擦り寄ったり、頰や手を舐めたりして、温もりを与えていた。

「それでは、私はもう行くぞ」

しばらくした後、透真さんがそう言うと。静香さんは涙を拭って頷いた後、こう尋ねた。

「ごまにはまたいつか、会えるのかしら？」

「さてな。私は猫神様に遣わされただけだから、天国のことはよく知らぬ。しかし、虹の橋、という伝承が人間界にあると聞いたことがある。お主も知っているだろう？」

「ええ」

――虹の橋のふもと。私も聞いたことがある。ペットロスに苦しむ人たちを救うための作り話と昔聞いたが、本当にあったらいいなと常日頃から思っていた。

そこは死んでしまった動物たちが集まる楽園と言われている。美しい自然に囲まれた空間が広がっていて、怪我や病気で亡くなってしまった子たちは、その苦しみから解き放たれて、みんなで楽しく駆け回っているのだ。

彼らはそこで、生前一緒に過ごした最愛の人間がやってくるのを待つ。そして人間が迎えに来た時に、一緒に天国へと旅立つのだ。

また、人間に愛されなかった動物たちは、同じように愛し合える相手のいなかった人間と出会い、今度こそお互いに幸せな時間を過ごすという。

「伝承はまったく出所がなければ生まれぬ。虹の橋が本当に存在するかどうかなんて知らんが、お前がやがて歳を取って天に召された時に、ごまに会える可能性はあるかもな」

「そうなのね。ありがとう、猫神様の使いさん」

泣き顔のまま、静香さんは微笑んだ。何か吹っ切れたような顔つきだった。

「……では私は戻る。もうごまに心配をかけることなどないようにな」

透真さんはそう言った後、きっと静香さんに再び眠りの術をかけたのだろう。彼女の瞳が虚ろになったかと思ったら、また座布団の上に倒れ伏してしまった。

「うまくいきましたかね？」

そう言いながら私たちの元へと戻ってきた透真さんだったが、こちらを見てぎょっとしたような顔をした。

「顔ぐちゃぐちゃですよ、雨宮さん」

「だっ、ひっく、だってぇ、しょ、しょうがないじゃ、ないですかあっ」

嗚咽混じりにたどたどしく答える私。こんな場面間近で見せられたら、泣いてしまうわ。仕方ないじゃないか。

「師匠も何泣いてるんですか」

透真さんの言葉を意外に思い、銀ちゃんの方を向く。銀ちゃんは顔周りの白いふわふわの被毛を、涙と鼻水でぐっしょりと濡らしていた。

辛そうな顔をしていた銀ちゃんだったが、透真さんに突っ込まれ、私に見られていることに気づいてハッとしたような顔をすると、

「た、たわけっ。泣いとらんわ！　目にゴミが入っただけだ！」

と、ぶっきらぼうに古典的な嘘をついた。

私はそんな銀ちゃんの姿を見て、涙を拭ってくすりと笑ったのだった。

扉の外のプレートを「営業中」に戻し、私と透真さんはメインフロアに戻ってお客さんが来るのを待機していた。

静香さんは、いまだに眠ったままだったのでまだ倉庫部屋で寝かせている。眠りの術自体はもう解いているらしいので、まだ起きないのは静香さん自身が睡眠を欲しているからだろう、と透真さんは言った。

ネロやごまのことをいろいろ考えていて、最近はあまり眠れていなかったのかもしれない。ごま本猫の気持ちを聞いて、安心してやっと熟睡できているのだろうか。

ちなみにネロは倉庫部屋にケージごと戻しておいたが、眠っている静香さんのことを大層心配していたので、ケージから出しておいた。静香さんの傍らに寄り添うように、佇んでいるはずだ。

「静香さん、ネロを飼ってくれるかな」

先程のことを思い出しながら、私はぼそりと呟いた。

「どうですかね。過去の呪縛を解放するお手伝いはしましたが……。それでもネロのことは彼女次第です。私たちに強要はできませんからね」

「そうですね……」

静香さんが一歩踏み出してくれれば、ネロは確実に大好きな人の元で幸せになれる。きっと静香さんだって、あの小さな黒猫からいろいろなものを受け取れると思う。

「まあ、仮に静香さんがネロを受け入れられなかったとしても、ごまは今回のことで救われたはずです」

「どういうことですか？」

「さっき猫神の使いのふりをして静香さんに話したことはわりと本当で。残された者がいつまでも未練を引きずっていると、先に召された者は死後の国で安心できないって話は有名なんですよ。ごまは自分の想いが静香さんに伝わったことを、空からきっと見ていたはずです。これで心残りなく、成仏できるんじゃないでしょうか」

透真さんのその言葉に、心がじんわりと温まった。

そっか。お互いに思い合っていたひとりと一匹なのだから、ごまにとっても静香さんがいつまでも自分のことで悩んでいたら、心配だよね。ごまへの救いになったかもしれないことができて、心からよかったと思う。

そんなことを私が考えていた時だった。

「……あの」

目覚めたらしい静香さんが、メインフロアにやってきた。申し訳なさそうな顔をしている。

「すみません、私。業務中に居眠りしてしまったようで……」

「いえ、お疲れだったようなので、起こさないでおきましたよ」

謝罪する静香さんに、透真さんが優しい口調でそう言った。ぺこりと頭を下げる彼女の足元には、ネロがまとわりついている。人や他の猫を威嚇する様子はない。

静香さんは周囲をきょろきょろと見回すと、寂しげな表情をして、「やっぱり夢よね」と独りごちた。

『なあ、いつまでもくよくよしてんなよ。早く俺を飼え』

そんな静香さんに、ネロがぶっきらぼうな声で言う。彼女は屈んで、ネロの頭を優しく撫でた。

「いいのかな。私なんかが、また猫を迎えても」

そう言った静香さんに、私は「いいに決まってる！」と、強く主張しようと口を開きかけた。しかし、その時だった。

「いいに決まってます！『私なんか』じゃないです！」

背後から聞こえてきたのは、太一兄ちゃんの声だった。ちょうど今入店したらしい。静香さんは驚いたように目を見開いて、太一兄ちゃんを見つめる。彼は、ゆっくりと彼女に近づいた。

ネロが『なんだこいつ！』と小さく唸り声を上げたが、突然のことにびっくりしてしまったようで、あまり迫力がない。静香さんと一緒にいて、ネロもだいぶ丸くなったと思う。

「太一、さん……？」

「俺、猫飼ったことないんでよくわからないですけど……。これだけは言えます！　優しい静香さんに飼われた猫は幸せだと思います！　なんなら俺が飼われたいくらいです！」

前半はいいことを言ってるなあと感心していた私だったが、最後で台無しである。

「きっも」

「そうですね」

思わず本音が声に出てしまったが、透真さんも引いたような目付きで太一兄ちゃんを見て、同意する。

静香さんはしばらくの間呆けた顔で太一兄ちゃんを見つめていたが、ふっと小さく噴き出した後、珍しく大笑いした。

「あっはは！　太一さん！　飼われたいって、あはははは！」

笑いのツボに入ったらしく、しばらく大笑いを続ける静香さん。

太一兄ちゃんは、自分が勢いで言った言葉の危険さにいまさら気づいたらしく、顔を真っ赤に染めて「え、あの、その。いや、変な意味じゃなくて、ですね」なんて、何やらモゴモゴ言っている。

「なんだか、太一さんと話していたら、何くよくよしてたんだろう、って思えてきました」

ひとしきり笑った後、屈んでいた静香さんは立ち上がり、太一兄ちゃんに視線を合わせて、微笑んでそう言った。

「あの、俺。ペットロスの本を読んだり、猫のことたくさん調べたりしたんです。でもやっぱり、実際に猫を飼ったことのない俺には、アドバイスなんて偉そうなことは言えないな、と思いました。生き物の命のことなんで、適当なことは言えないです」

太一兄ちゃんが真剣な面持ちで言う。静香さんも笑みをやめて、神妙な表情になって彼を見返している。

「でも、静香さんのことをこうして元気づけることや、笑わせることは、きっとできると思うんです」

しばしの間、黙って太一兄ちゃんを見つめ返す静香さん。そして彼女は、くしゃっと心から嬉しそうに破顔して、こう言った。

「そうですね。太一さんが笑わせてくれるんなら、一歩踏み出せそうです」

足元にいたネロを、静香さんは優しく抱っこする。そして透真さんに視線を合わせた。彼女の瞳には、穏やかだが強い意志の込められた光が宿っているように見えた。

「透真さん」

「はい」

「ネロを私にください。うちの子に、させてください」

静かだが、はっきりとした声音だった。透真さんは、少しの間無言で静香さんを見返していたが、浮かべていた柔和な笑みをさらに深めてから、口を開いた。

「よろしくお願いします。では、まずはトライアルからですね」

「ありがとうございます……！」

喜びに溢れた声を上げながら、ネロの頬に自分の頬を擦り寄せる静香さん。そして、ところどころ禿げのある、人間嫌いな黒猫に向かって、優しく語りかける。

「うちへいらっしゃい、ネロ」

そう言われたネロは、しばらくの間何も言わなかった。しかし静香さんの顔の匂いをくんくんと嗅いでから、ぶっきらぼうに呟く。

『仕方ないな』

その横顔はどこか満足気に見えて、今まで見たネロの中で最もかわいらしかった。

「この猫を迎えるんですね！　かわいいですねー、よしよし」

『なんだてめえ！　触んな！』

調子に乗ってネロの頭を撫で始めた太一兄ちゃんだったが、まだ静香さん以外の人間に心を許していないネロは、彼に猫パンチをお見舞いする。

「お、おう。元気な猫ちゃんですね」

「わ！　すみません太一さん、大丈夫ですか⁉　ちょっとこの子人間嫌いでして……。ネロ、大丈夫よ」

『そうだ！　静香以外の人間なんて嫌いだ！　お前も静香に近づくんじゃねえ！』

「そ、そうなんですね。どうかなあ、そのうち慣れてくれるかなあ」

『慣れねえよ！　あっち行け！　消えろっ！』

太一兄ちゃんに牙を剥くネロ。

ビビっているけれど、静香さんの手前余裕があるふりをしている太一兄ちゃん。

太一兄ちゃんに攻撃しようとするネロを、慌てた様子で宥《なだ》めようとする静香さん。

そのふたりと一匹の様子が、とても和やかで、平和で。私は朗らかに微笑んだのだった。

「譲渡会、出す必要なくなりましたねえ」

そんな私の傍らで、透真さんもやれやれ、といった面持ちでどこか嬉しそうに笑う。

「そうですね」

『そうだな』

透真さんの傍らに立つ私と、足元でおやつのかまぼこを食べていた銀ちゃんが、ほぼ重なるようにそう言った。

ふと窓の外を見ると、いつの間にか雨は止んでいた。植木の上の雨の雫が、太陽の光に照らされてキラキラと輝いている。梅雨明け宣言もそろそろだろう。


そして、トライアルを経たあと、無事ネロは静香さんの飼い猫となったのだった。

時々静香さんが見せてくれるネロの写真は、とても安心しきった顔で体を伸ばして眠っていたり、目を細めて機嫌よさそうにちょこんと座っていたりするもので。

猫又ではほとんど見ることのできなかった、リラックスした様子のネロだった。

その後、無事静香さんの恋人となった太一兄ちゃんには、残念ながらまったく懐く気配はないらしいけれど。

第三話　銀之助と七夕の恋

湊上地区の中心には、猫神が祀《まつ》られている神社がひっそりと佇《たたず》んでいる。神主不在で、近隣の人たちが持ち回りで掃除をし、町内会費が補修代に充てられている小さな神社だ。

地区唯一の神社ということもあってか、高齢者を中心に参拝している人は結構いるようだ。通りがかると、三回に一度くらいは人の姿を目にする。

私は幼い頃から妙にこの場所が好きで、百汰《ももた》をはじめとした友達とかくれんぼや鬼ごっこなんかをして、神社の境内でよく遊んだものだ。

二十四歳になった今でも、潮風が漂い波音が微《かす》かに聞こえるここの透明な空気感は、心に安らぎを与えてくれていた。

久しぶりのお参りだった。最近、アルバイトを始めたこともあって慌ただしかったのだ。

神社の社の前に立つと、社の格子《こうし》扉《とびら》の隙間から、御神体のようなものが見える。しかし内部が暗くてよく見えない。

あれが猫神の御神体なんだろうか？　そういえば、猫神が祀られているってことは昔から知っていたけれど、深く考えたことはなかった。

最近関わった猫又たちの話によると、なんらかの禁忌《きんき》を犯した銀《ぎん》ちゃんの妖力を、罰として奪ったのが猫神と言っていたっけ。

それって、ここの猫神ってことだよね？　たぶん。

こんな人気《ひとけ》のない神社にそんな大層なものがいる気配はまったくないけれど。まあ、神様なのだから気配なんてなくて当たり前か。

そんな風に納得すると、一礼してから賽銭箱に五円玉を投げて、鈴をシャンシャンと鳴らす。

そして二礼二拍手をして、少し前に骨身に染みた「健康第一」を心の中で唱えた。

そこでふと、ついでに銀ちゃんの妖力を気が向いたら戻してあげてくださいと付け加え、私は一礼をして神社を去った。

そして、勤務開始時間に間に合うように、猫又へと向かったのだった。


猫又に着き、倉庫部屋で小袖に着替えてからメインフロアに行く。

本日猫又は定休日。しかし、定休日はフロア全体の清掃と消毒、猫のシャンプーなど、お客さんがいてはできないことを沢山こなさなければいけないので、実は営業日よりも忙しかったりする。

その上、猫又連中が、定休日くらい人間に気を遣いたくないとかいう理由で、静香《しずか》さんを休みにするものだから、私の負担は大きいのである。

少し不満だけれど、普段正体を隠しながら生きているのも大変そうだし、まあ私にやれることはやってあげようと思っている。

まずは掃除かな？　と考えていたら、いつもは部屋の隅でのんびりしている銀ちゃんが、何故《なぜ》か意気揚々といった感じでフロア内を闊歩《かっぽ》していた。

「おう、カイ。元気にしてるか⁉　最近どうだ⁉」

『え？　お、おう。ぼちぼちだよ……？』

いつもと違ってやたらと鬱陶しい感じの銀ちゃんに、困惑しながらも答えてあげる優しいイケメンカイ。

「なんなの銀ちゃん。やたら機嫌良さそうじゃん」

なんかキモいよ、と言いたかったけれど、言ったら「なんだと⁉　私は本来なら高位の妖怪で……」と面倒な話が始まってしまうから、心の中でこっそり付け加えるだけにしておいた。

すると銀ちゃんは私を見上げて、にやりと笑う。笑うだけ。なんだよおい、なんか言えよ。

「機嫌よくもなりますよ、そりゃ」

猫のトイレを外の水道で洗っていた透真《とうま》さんが、作業を終えたらしく戻ってきた。

呆れたような笑みを浮かべて、銀ちゃんを眺める。

「どうしてですか？」

「保護猫活動の結果、猫神が満足するほどのたくさんの猫を幸せにできたらしくて。

妖力を戻してやる、と先程師匠に知らせがあったんですよ」

「え⁉」

タイムリーすぎる話題に驚愕《きょうがく》する。さっき私がお参りしたおかげ⁉　……ではないか。たくさんの猫たちを幸せにしたからって話だし。

「へー！　でもよかったじゃん！」

銀ちゃんの念願が叶うことになって何よりだ。私も嬉しくなり、にこにこして銀ちゃんに向かって言う。

「妖力が戻るのは、次の満月の夜に湊神社で正式な儀式を行ってからだがな。まあ、儀式なんて形式上のものだ。私が元の高貴な存在に戻るのも時間の問題よ」

得意げな顔をして銀ちゃんが言う。妖力を取り戻せるという嬉しさが白い被毛の全体から滲み出ている。

銀ちゃんって、数百年生きている猫又らしいけれど、素直に泣いたり怒ったり偉ぶったりと、なんだか単純だよなあ。

掴みどころのない透真さんの方が、よっぽど高位の妖怪っぽい。怒られるからこれも言わないが。

「人間の顔色を窺って、猫の飼い主を探すとかいうしゃらくさい生活とも、とうとうおさらばだ！　にゃっはっはっは！」

豪快に笑う銀ちゃんに、私は呆れ顔になる。どんだけ嬉しいんだよ……。まあ、よかったですね。

——ん？ って、待てよ。

「ちょ、ちょっと待って！」

「なんだ？ どうした下僕《げぼく》」

「しゃらくさい生活ともおさらばって！ ここを、猫又を閉めちゃうってこと？」

銀ちゃんの言葉にひどく焦った私は、彼に詰め寄るように近づいて尋ねた。すると、透真さんが顎に指を添えて考え込むようなポーズを取る。

「私は別に、人間たちの世界で暮らすのはそんなに嫌じゃないんで、続けてもいいんですけど」

「…………。おい透真。お前適応能力ありすぎだぞ。よく下等な人間の相手なんてしていられるものだな」

「そうですか？ 結構楽しいですよ」

銀ちゃんの嫌味にも、にっこり笑顔で対応する透真さん。この人図太いよな。

「まあ、でも。師匠がそう言うのなら閉めるしかないですかねえ」

『えー！ 困るよ困るよ！』

私が「そんな！」と叫ぶ前に、透真さんに非難の声を上げたのは、大福《だいふく》だった。困り顔をしている大福の周りを見ると、他の保護猫たちも恨みがましい顔で透真さんと銀ちゃんを睨《にら》んでいる。

『ここがなくなったら僕たちどうすればいいのさ！』

『真田堂のかまぼこが食えなくなるのは困るぜ』

『せっかく雨の日も濡れないで眠れる場所見つけたのににい！』

『お腹すいた！　おやつください！』

最後の言葉は、能天気なサバトラ猫のタローのもので、彼だけはどうやら状況を理解しておらず、みんなが透真さんにお願いをしているのに便乗して食欲を満たそうとしているようだったが。

他の猫たちはみんな、「なんか知らないけど、このご飯も寝る場所もある快適な空間がなくなってしまうらしい」ということを理解して、不安がっているようだった。

すると透真さんがしゃがんで、猫たちに向かって優しく微笑《ほほえ》んだ。

「大丈夫ですよ。閉めるにしても、皆さんの新しい飼い主や、保護してくれる施設をちゃんと探してからです。外をさまよったりご飯が食べられなかったりするような状況には絶対にしません。だから安心してください」

『なんだー、そうなの？』

『ふーん。まあ、それならいいかあ』

『本当に大丈夫なの？』

『おやつはー？』

透真さんの言葉に、猫たちは渋々といった様子だがそれなりに納得したようだった。

確かに猫にとってはそれでもいいかもしれない。――だが私は。

「わ、私はどうなるの！　せっかく働き口見つけたのに！」

猫たちの世話にも慣れて、やっと生活サイクルが整ったというのに。正社員よりは給料は少ないけれど、働くことが楽しいなあと思えてきたところだったのに。

何より、猫と話せるという能力が、役に立っていると実感できていたのに。

ポン太と悠太くんの時も、ネロと静香さんの時も。私が猫と話せたことが、彼らの幸せに少しなりとも役に立てたような気がしていたのに。

会社に洗脳されて歯車に成り下がっていた、昔の職場にいた頃とは全然違う自分になれていたと思う。

ここがなくなるかもしれないと聞いて、初めて気づいた。すでに私は、ここが自分の居場所だと、いつの間にか思っていたのだ。

「あ……。そうですね、ですが、うーん。すみません」

透真さんは苦笑を浮かべて、軽く謝罪をする。師匠の意向にきっと彼は逆らえないのだろう。

だから私は銀ちゃんに詰め寄って、ふわふわの背中をわしゃわしゃと乱暴に撫でまわした。

「にゃっ？　おいこら！　何をするんだ！　人間風情《ふぜい》が！」

「それはこっちのセリフ！　閉めないでよー！　馬鹿！　急に私を無職にしないで！」

「知るか！　閉めるったら閉めるんだ！　おいやめろ！　しっぽを触るな！」

「うるさい！　銀ちゃんの意地悪！　馬鹿！　アホ！　毛玉！」

「毛玉だと！　もう絶対閉める！　今ので閉めるって決めた！」

……なんて押し問答を、しばらくの間銀ちゃんと続けたのだったが。

彼の意志は頑なで、結局猫又の閉店宣言を撤回してくれることはなかった。


老人ホーム「けやき」のカフェテリアの大きな窓から見える中庭の木々は、太陽からの容赦ない熱線を浴びて青々と茂っていた。

水撒きしたすぐ後らしく、草むらの隙間から雫が時折きらりと光る。

しかし、もちろんカフェテリア内では業務用の冷房がフル稼働。高齢者が多いためか、設定温度は高めのようだけど、猫たちにとっては適温らしかった。

「入居者の人たちみんな嬉しそうだね、静香さん。アニマルセラピーなんて、私初めて知った！」

「最近そういう話がテレビとかウェブとかで話題になったらしくてね。猫又にも依頼が来るようになったの。私はこれで三回目かなあ」

猫と入居者の高齢者たちが戯れる様子を微笑ましく眺めながら、私と静香さんはそんな会話をする。

今日は、お店の方は臨時休業。老人ホームにみんなで赴き、猫たちと入居者とが触れ合うアニマルセラピー、「保護猫ふれあい会」を実施していた。

動物には人への癒し効果があって、ふれあうことで心が落ち着いたり、元気になったりすると言われているらしい。病気が早く完治したり、余命宣告を受けた人でもそれを覆す期間を生きたりするというケースもあるとか。

静香さんの言う通り、猫又の猫たちは、たまに老人ホームに来てこの活動を行っているそうだ。一時入居中の高齢者の方が保護猫を気に入り、退去時に引き取ってくれたことも過去にあったとのことで、その点も期待しているらしい。

しかし、高齢者のみの世帯だと、もしもの時に猫の世話をする人がいなくなってしまうケースがある。猫又では、そういった場合は猫の世話を引き継ぐ人の同意書が必須になっている。

「かわいいねえ？」

「みんなふわふわだなあ」

参加している高齢者の方は、目を細めて猫を眺めたり、背中を撫でたりしている。膝の上に乗って、そのまま寝てしまった猫に喜んでいる方もいた。

猫はゆっくりとした動作の高齢者を好む傾向にある。子供は声が大きいし、変なところを触ってくるからあんまり好かん、と銀ちゃんも前に言っていた。

『落ち着くにゃー。おじいちゃんの膝』

『みんな優しく撫でてくれるよねー』

と、猫たちからの肯定的な言葉が私の頭に入ってくる。人生経験豊富な方々が、かわいらしい猫たちに癒されている様子は、見ているだけでほんわかとした気持ちにさせられる。

まあ、私は猫又が閉まってしまうかもしれないという危機感に襲われているためか、心から落ち着いた気持ちにはなれないんですけどね。

ちなみに静香さんにも「猫又閉まるかもしれないんだってー」と伝えたが、「え？そうなんだ、寂しくなるわね」と、残念がりながらも彼女は受け入れていた。

静香さんの本業は小説家だからなあ。副業がなくなったところで、職を失うわけでない。今は、ネロというパートナーもいるし。無職からの脱却の第一歩を踏み出していた私とは、ちょっと状況が違う。

あーあ。しばらく猫又で働いてリハビリして、そのあとバリバリ働ける正社員の職を探そうと思っていたのに……。人生計画が狂ったわ。

そんな風に、私が嘆いていると。

「みんな猫に癒されてくれるといいわね。でもね、一部のおばあちゃんたちは別のものに癒され……いや、ドキドキしてるみたいね」

「え？」

いたずらっぽく笑う静香さんの視線の先には、「尻尾やお腹はあまり好きじゃないので、背中を撫でてくださいね」と言っている透真さんと、顔を赤らめているご婦人たちの姿があった。

「いい男ね？」「あと五十年若ければね？」なんて声も聞こえる。透真さんは特にそれには反応せず、ニコニコと毒気のない微笑みを浮かべていたけど。

「さすが透真さん。悟りを開きつつある高齢の方も虜《とりこ》にするとはなあ」

私が呆れ顔でそう呟くと、静香さんがカフェテリアの端を見て、訝《いぶか》しげな顔をしてこう言った。

「……あれ。向こうに入居者の方がひとりでいるね。遠くで猫を見ていたいのかな」

静香さんが見ている方向に視線を合わせると、入居者らしい高齢の女性がいた。足が不自由らしく、車椅子に座っている。アニマルセラピーには参加せず、こちらをじっと眺めている。

「綺麗な人。なんだか雰囲気あるわね」

静香さんの言う通り、入居者とおぼしきその高齢の女性は美しかった。

齢は七十代後半くらいだろうか。しかししゃんと伸びた背筋に、こざっぱりとした清潔感のある化粧。顔のパーツはすべてあるべき場所に配置されており、黒目がちの大きな瞳には、凛とした光が宿っている。

若い頃は、さぞ数多《あまた》の男性を魅了していたことだろう。

「ほんとだねー。あんな風なお歳の召し方、理想だなあ……」

美しさに年齢は関係ないんだなあと思いながら、私は彼女に見とれて言う。

「ね、静香さん。あの人は猫触らなくていいの？　連れていってあげた方がいいのかな」

こっちに来づらい事情でもあるのかなと心配になった私だったが、静香さんは首を横に振る。

「自分から積極的に来ない人には、無理して勧めないでって透真さんが前に言ってたの。触るのは苦手だけど遠くから見ていたいとか、アレルギーだけど猫は好きとか。そういう人も結構いるみたいで」

「あ、そっか。そうだよね」

そんな話を静香さんとしている時だった。

『ちょっとお、美琴《みこと》！』

にゃーんとかわいらしい声が足元から聞こえてきたので、視線を落とす。三毛猫でお姫様体質のミーナが私の足にまとわりついていた。

「どうしたの、ミーナ」

『私のお願い聞いてよー！』

「え……」

なんだか込み入った話のようだ。さすがに静香さんの前で堂々と会話を繰り広げることはできないので、「ミーナ、疲れちゃったのかもしれないから、向こう連れてくね」と彼女に告げ、私は抱っこしてカフェテリアの隅に移動した。

近くに人はいないので、会話をしても大丈夫だろう。

「で、何？　ミーナ」

尋ねると、ミーナは私の腕から離れ、華麗《かれい》に着地をした。そして視線を遠くに向けて、こう言った。

『私！　飼われるならあの人がいいわっ！』

「え、誰々？」

『あの人っ！　ほら、あそこで座ってる人よっ！』

ミーナの視線の先には、カフェテリアの端のテーブルにひとりでかけている、若い男性がいた。ホームのスタッフの制服を着ていないので、入居者に面会しに来た人だろうか。

茶色がかった髪は少し癖があったが、その無造作な感じがこなれていて彼に柔らかな雰囲気を与えている。

穏やかで優しそうな笑みが湛《たた》えられた顔は、爽やかな好青年といった感じだ。

――ん？　あれ。どこかで見たことのあるような……？

誰だったかなあ。思い出せないや。でもやっぱり見覚えがある気が？

なんて、私が彼の素性について考えていると。

『私あの人に一目惚れしちゃったの！』

「えぇ！　猫なのに人間に⁉」

想像していなかった言葉に驚いて言うと、ミーナはムッとしたような顔をした。

『何よ⁉　悪い⁉　恋愛に種族なんて関係ないわよっ！　頭固いのね美琴は！』

「え……あ、ごめん……」

確かに、猫が人間に恋をしちゃいけないなんて、決まっていない。ミーナに言われた通り、ちょっと常識にとらわれすぎていたかもしれない。

そういえば、前に銀ちゃんも「昔は私も人間の娘と」みたいなことを言っていたっけ。

『ふん、まあいいわ。というわけで、ちょっとあの人に聞いてきなさいよ』

「聞くって何を？」

『私を飼ってくれるかどうかに決まってるじゃないのっ！』

「えぇ⁉」

いきなりそんなことを言われても、彼も困るんじゃないだろうか。店舗に来た人なら、保護猫に興味がある可能性が高いから、聞けないこともないけれど……。

『ほら！　ぼやっとしてないでよ！　早く早くっ！』

そんな風に私を急かすミーナは、瞳孔をこれでもかと大きく開いて、件《くだん》の男性に見とれていた。間違いなく、恋する乙女の瞳だ。

まあ、聞いてみるだけならいいか。恋が叶えば、ミーナもハッピーだしお店としても里親が見つかって、いいことずくめだし。

だから私は、「じゃあちょっと行ってみようか」とミーナに告げ、その男性の方へと歩み寄った。ミーナは私の後ろを軽快な足取りでついてきている。ウッキウキである。

「あの、すみません」

「はい、どうしましたか？」

柔和に微笑みながら応対してくれる男性。ミーナはにゃーんと高く甘い声で鳴き、彼を見上げている。猫好きならばたまらない表情である。

ん、やっぱりこの人見たことがある気がする。……いや、絶対ある。っていうか、よく知っている人間ではないか！

「柊《しゅう》ちゃん？」

どうして、血縁関係すらある彼の正体に、今まで気づかなかったのだろう。

最後に会った時よりも背が伸びて、落ち着いた大人の顔立ちになってはいるものの、穏やかで優しい雰囲気は変わっていないというのに。

「え……？　あ、もしかしてミコちゃん？　ミコちゃんじゃないか！」

彼も私を誰だか認識してくれたようで、驚いたような顔をした後、破顔した。

「久しぶりだね！　柊ちゃんと会うの何年ぶりだろ？」

「高校生以来くらい？　五、六年は会ってない気がするなあ。ミコちゃんが大人になってる！」

「柊ちゃんも！」

そんな会話をして、クスクスと笑い合う私たち。

白石柊弥《しらいししゅうや》、通称柊ちゃんは、父の妹の息子で、私のいとこに当たる。年齢は私よりもひとつ上だ。

小さい頃から東京に住んでいて、毎年夏休みに一家で湊上に帰省してくるので、会えるのは年に一回の数日間だけだった。しかし同じ年頃のいとこは他にいなかったので、再会した時は必ず一緒に遊んでいた。

しかし、お互いの大学受験や私の上京などがあったため、ここ五年以上は会う機会がなかったのだった。

「どうして湊上の老人ホームに柊ちゃんが？」

「去年仙台支社に転勤になって、湊上に引っ越してきたんだよ。ばあちゃんちで暮らしてるんだ」

「えー！　そうだったの！」

「引っ越してきた時、ミコちゃんのお母さんには会いに行ったよ。ミコちゃんは東京で働いていた時だったからいなかったけど」

そうだったのか。確かに、去年なら私は東京で絶賛社畜キャンペーンを行っている最中である。

「なんだー！　知ってたら会いに行ったのに！」

「今度ミコちゃん家に遊びに行くね。それで今日はばあちゃんのお見舞いに来てたんだよ。あ、僕の父方のね」

柊ちゃんの父方ということは、私は会ったことがない人だろう。

「おばあちゃん、ここの入居者なの？」

「うん。まあ、入居者って言っても、一時入居だよ。この前転んで足を骨折しちゃって。じいちゃんはもう亡くなってるから、僕が家で面倒を見ようと思ってたんだけど、仕事もあるしちょっと無理そうで……。だから怪我が治るまで、ちょうど空きがあったここの老人ホームにいさせてもらうことにしたんだ」

「なるほどね。それで今日は会いに来たってわけか」

「うん、仕事が休みでさ。ばあちゃん、ホームなんて初めてだから心配だったんだけど、友達もたくさんできたみたいで、結構楽しんでるみたい。朝市には出たかったわって悔やんでるけど」

朝市とは、湊上漁港で毎週土日の早朝に行われている市場のことである。

新鮮な魚介類はもちろん、その魚介を使った朝定食やあら汁、湊上に工場があるお菓子や総菜、民芸品まで、さまざまなものが売られていて、遠方からの来客も多い市場だ。

「おばあちゃん、朝市で何売ってるの？」

「芋煮を婦人会の人たちと作って出してるんだよ。毎回すぐ売り切れるんだ」

芋煮とは、里芋と一緒に肉や野菜を鍋で煮て、味噌または醤油の味付けでいただく東北南部の郷土料理だ。

宮城や山形では、秋になると気心の知れた者同士で河原へ行き、薪《まき》で火を起こして芋を煮、その味をみんなで楽しむ芋煮会なるイベントがあちこちで開催される。

実は、東京へ行くまでは全国区の催しものだと私は思っていた。宮城県民にとって芋煮会は、花見と同レベルの季節の風物詩なのである。河原近くのコンビニエンスストアでは、当たり前のように薪が売られているし、芋煮用鍋のレンタルまでしている。

しかし上京してから東京の人たちに「秋になったし芋煮会したいね」と言ったら「何それ？」と言われて私は大層驚いた。

豚汁風の味噌味が伝統の宮城と、すき焼き風醤油味の山形との間には、長年にわたり因縁の対決が繰り広げられていることは、この辺ではもはや常識だというのに。まさかご当地限定のイベントだったとは。

まあ、正直味噌味も醤油味も私は美味《おい》しいと思うのだが。

「えー！　食べたい！　今度食べに行く！」

何年も芋煮会を楽しんでいない私は、あの温かさを味わいたくて、勢いよく言った。

「本当？　実は、今週末の朝市で、ばあちゃんの代わりに僕が手伝いに行くんだ。よかったら来てよ」

「絶対行くね！」

にこっと優しく微笑む柊ちゃんの誘いに、私は前のめりになる勢いで乗る。

おばあちゃんの代わりに朝市の手伝い、か。二十五歳の男性なら、嫌がる人も多そうだけど、昔から誰に対しても思いやりのある柊ちゃんは快く手伝えるのだろう。

そんな風に私が、柊ちゃんの優しさに心を打たれていると。

『ちょっと、何話し込んでんのよ！』

ミーナが恨みがましそうな目付きで睨んでいて、私ははっとする。柊ちゃんとの再会が嬉しすぎて、当初の目的を忘れていた。

『でも、どうやらあんたたち知り合いみたいね！　知り合いなら私のことも頼みやすいんじゃなくて？　さあ行きなさい美琴！』

高飛車に命令するミーナにつつかれ、私は嘆息する。まあ、一回とりあえず頼むだけ頼んでみるか。

と、私が柊ちゃんに猫が飼えるかどうかを尋ねようとすると、彼は足元にいたミーナを、優しい目で眺めてこう言った。

「わ、猫。かわいいなあ。この猫も、今向こうでやってるふれあい会に来たの？　ミコちゃんは、その関係者？」

「そうなんだ。私実は、保護猫カフェで働いててさ。今日連れてきてるのは、その保護猫たち」

柊ちゃんに簡単に説明しながらも、ミーナをかわいいと言った彼の反応に希望を抱く私。わりと猫を好いているタイプのようなので、お願いもしやすい。

「へえ、保護猫カフェか。いいとこで働いてるね。猫、かわいいよなあ」

そう言うと柊ちゃんは、しゃがんでミーナに視線を合わせ、彼女の喉を優しく撫で始める。ゴロゴロと喉を鳴らす音が響く。『きゃー！　もっと撫でてっ』というミーナの歓喜の声が頭に響いてきた。

「ほんと？　この子、ミーナっていうんだ。まだ一歳の女の子なんだよ」

「へー、一歳か。毛並みがツヤツヤなのは若いからかな。目も大きくて、キラキラしてるね」

それはきっと柊ちゃんに恋しているからだけどね。……と、こっそり思う私であった。

「実は、ミーナは飼い主を探してるんだ」

「飼い主……そっか、保護猫だもんね」

「ミーナは若い男の人に懐きやすくて。それでもし、猫が好きなら、柊ちゃんどうかなって……」

『ちょっと！　若い男が全員好きってわけじゃないわよー！　彼がいいのっ。尻軽みたいに言わないでよ！』

と、ミーナの非難の声が聞こえてきたけれど、無視である。人間がそんな事情を知っていたらおかしいのだから、そこは我慢していただきたい。

「あー、それで僕に話しかけに来たのかな。いとこって気づく前に」

「あは、そういうこと」

近づいた目的を見抜かれ、私は苦笑する。柊ちゃんはミーナを相変わらず撫で続けながら、こう言った。

「こんなかわいい子なら、飼いたいけどなあ」

「え⁉　本当っ？」

あまりにもうまく事が運びそうで、私は思わず彼に詰め寄る。ミーナからも『やったわ！　それなら今日からでもお迎えしてー！　にゃー！』と、歓喜の声が聞こえてくる。

しかし柊ちゃんは、申し訳なさそうに苦笑を浮かべた。

「そうなんだけど……。ばあちゃんが猫が少し苦手で。あ、いや嫌いってわけじゃないんだけどさ。むしろテレビとか写真で見たり、遠くから眺めたりしているのは好きみたい。だけど、直接触るのはちょっとダメみたいなんだ」

「あ……そうなんだ」

家族に猫に触れられない人がいるなら、ミーナを迎えてもらうのは難しいだろう。一瞬前まで抱いていた希望が砕かれ、私は落胆する。ホームに一時入居中ということは、そのうち自宅に戻るということだし。

「あ、それでさ。今日もあそこの離れた場所で猫たちを眺めているのが、ばあちゃんなんだ。ひとりでのんびり見ていたいって言われたから、僕は離れてたんだけど」

彼が示した先にいたのは、先程静香さんが「綺麗で、雰囲気ある人」と言っていた高齢の女性だった。

あの人が柊ちゃんのおばあちゃんだったのか。

「そうなんだね。うーん、じゃあやっぱり柊ちゃんがミーナを飼うのは難しそうだね」

「うん、申し訳ないけど……」

柊ちゃんと話していると、ミーナが『美琴、ちょっと』と何やら話をしたそうにしていたので、私は彼に「また今度ね。朝市行くから」と言って、ミーナと共に離れた。

そして、再び周囲に人がいない場所まで移動し、ミーナの話に耳を傾ける。きっと、あっさりと夢が打ち砕かれてショックを受けているから、ちゃんと聞いてあげないと。

と、思ったのだが。

『よし、じゃあ次はあのおばあちゃんを説得しに行くわよー！』

まったく気落ちした様子もなく、目をランランと輝かせてミーナが言う。

「えぇ⁉　でもおばあちゃん猫苦手だって……」

『私の美貌をもってすればイチコロよ！』

「…………」

確かにミーナは毛並みも綺麗だし、目もくりくりしていて見目麗しい猫だが。どこから出てくるのだろう、その絶大な自信は。

『ほら！　ボサっとしてないで行く！　まったく美琴はとろいんだからっ』

「ええ……。もう、仕方ないなあ。あ、でもミーナは少し離れたところにいてね。彼女は猫苦手なんだから」

『えーもう仕方ないわねえ』

とろいとか、仕方ないわねえなんて猫に言われるなんて。猫と話せる特技があるからこその、稀有《けう》な体験だろう。変なことに感心しつつ、私は渋々柊ちゃんのおばあちゃんの元へ向かった。

瞳に影を作る長いまつ毛に、皺はあるが白くきめ細やかな肌。彼女は近くで見ると、ますます美しかった。全身から滲《にじ》み出る気品は、きっと生来のものなのだろう。

左胸につけられているネームプレートには、「白石妙子《たえこ》」と書かれていた。アニマルセラピーの時だけ、ボランティアスタッフと入居者が交流しやすいようにつけているものだ。

妙子さんは、近づいてきた私たちには気がついていないようで、目を細めてほかの入居者たちと戯れる猫たちを眺めていた。

「あの、妙子さん。すみません」

「えっ？　あ、何かしら？」

私に声をかけられ、ぱっと見上げて微笑む妙子さん。その仕草と声音は、少女のようにかわいらしかった。

「猫ちゃん、触らないんですか？　じっと見ていたので……」

私がそう言った直後、少し離れた場所に佇むミーナがにゃーんと長く鳴いた。『そうよそうよ！』と、自信満々そうな声が脳内に響く。

「ああ……」

ミーナをちらりと一瞥《いちべつ》すると、妙子さんは少し困ったように笑った。

「――ごめんなさいね。嫌いじゃないし、むしろかわいいと思うんだけど。昔から猫が近づいてくると、何故かわからないけど心がきゅっとなるの」

「心が、きゅっ……？」

「あらごめんなさい、変なことを言って。やっぱり苦手なのかしら？　近くで猫を見ると、切ないような寂しいような、変な気持ちになるのよ。……だから、触るのはダメね」

申し訳なさそうに優しい口調で言う妙子さんだったけれど、はっきりと拒絶の意思が伝わってきた。猫に対して切ないような寂しいような気持ちを抱くというのは、不思議だったけど。

ありゃ。これはちょっと、無理だなあ。ミーナの恋は叶いそうもない。

「そうなんですね。すみませんでした」

「いえいえ、いいのよ。少し離れたところで見ている分には、心が温まるから。お気遣いありがとうね、お嬢さん」

「それは、よかったです。猫ちゃんたちに癒されてくださいね」

私はぺこりと会釈をすると、妙子さんから離れて、ミーナを抱っこする。

『ちょ、ちょっとお！　美琴！　諦めが早すぎるわよっ⁉』

私の腕の中で喚くミーナ。そんなこと言われても、粘ったところで無理なものは無理なのだ。

「いやいやー、ちょっと無理だよありゃ」

『何言ってるのっ？　それでも保護猫カフェのスタッフなのあんたは！　諦めたらそこで試合終了なのよー！』

どこで覚えてきたのか、有名なセリフを叫んで、妙子さんの説得を続けるようにミーナが主張する。

あー、もうこれは何を言っても無駄だ。私は無言でミーナをカフェテリアの端まで連れていった。

その後ミーナは、隙あらば妙子さんの方へと興奮しながら近寄ろうとするので、これ以上セラピーには適さないと私は判断。透真さんにも相談し、仕方なくキャリーケースの中にミーナを入れた。

『何よこの仕打ち！　彼やおばあちゃんと話させなさーい！　私を誰だと思ってんの

よ！』

誰だって言われても、別にただの猫である。キャリーケースの中でギャーギャー喚くミーナの声に、私は苦笑を浮かべた。

「あれ、ミーナ、どうしたの……？　大丈夫？」

静香さんが心配そうな面持ちで尋ねてきたので、私は適当に誤魔化すことを決め込む。

「あはは。なんか人がいっぱいいて興奮しちゃったみたい。ま、大丈夫でしょ」

「そう？　それならいいけど……」

『よくないわよー！　美琴！　なんとかしなさいっ！　今すぐ出さないと、あとでひどいわよっ⁉』

あとでひどいって、何をされるんだろ？　猫パンチの連打でもお見舞いしてくるのだろうか。爪は短くしてあるから、肉球のぷにぷに感を堪能できてむしろご褒美なんだけど。

なんてことを、考えていると。

――あれ？

アニマルセラピーが行われている場所の端っこで、銀ちゃんが誰にも構われずに一匹佇んでいるのに気づく。明後日の方向を見つめているように見えた。

銀ちゃんは目を細めて、どこか切なげに何かを眺めている。何を見ているのだろうと彼の視線を追おうとしたけれど、その瞬間銀ちゃんがその何かから目を逸《そ》らしてしまったため、できなかった。

その後銀ちゃんは、何事もなかったかのようにセラピー猫として老人に撫でられ始めた。

アニマルセラピーが終わり、猫又店舗に戻ってきた私たち。ちなみにもう十七時を回っているので、静香さんは勤務を終えて帰宅している。

『美琴ー！　もうもう！　なんでもっと粘んないのっ⁉　まったく最近の人間はっ』

「…………」

店舗に戻ってキャリーケースから出して以来ずっと、私のそばから離れずひっきりなしに文句を吠えるミーナ。

すでに反論することに疲れていた私は、閉口してフロアの清掃をしていた。

本当に柊ちゃんにベタ惚れなんだろうなあ。だけど、私にはどうすることもできないんだよ。

私がしばらく無反応でいると、移動やセラピーでの疲労もあったためか、ミーナは猫ベッドの中で丸くなってふて寝してしまった。

「どうしたんですかミーナは。やたら荒ぶってましたけど」

規則正しくお腹を上下させるミーナを見ながら、透真さんが、呆れたように尋ねてきた。

「ああ。なんか、今日行った老人ホームにたまたまいた、私のいとこを好きになったんですよ。彼に飼われたいからお願いしてくれって頼まれたんですけど、断られてしまって。それで私がしつこく粘らなかったことに怒ってるんですよー。でも、仕方ないじゃないですか」

「へー、そうなんですか」

簡単に説明すると、透真さんは大して興味のなさそうな調子で言う。

猫が人間に恋をすることに私はびっくりさせられたのだが、猫や猫又にとってはそんなに珍しいことではないのかもしれない。

「もちろん叶えてあげたい気持ちはあるんですよ、ミーナの恋。好きな人に飼ってもらえるなんて、幸せじゃないですか？」

ミーナが私を非難するのは、一途な恋心ゆえの行動なのだから。私にはどうしようもないから、あんまり責められると困ってしまうけど。

「やめておけ」

キャットタワーの上で丸まり、てっきり眠っていると思っていた銀ちゃんが、目を閉じたまま面倒そうに言った。いきなり話に入ってきたことが不思議で、私は眉をひそめる。

「銀ちゃん？」

「人間相手の恋なんて、ろくなことにならん」

二股にわかれた尾を忙しく揺らしながら、つっけんどんに言う。

元々常に尊大な振る舞いをする銀ちゃんだけど、なんだかいつもとは違う気がした。機嫌が悪いというか、不満げというか。

そういえば、今日のアニマルセラピーでも少し様子がおかしかったような気がする。

「銀ちゃん、どうしたの？　今日なんか変じゃない？」

「別に何もな」

「ああ。今日ホームにいた妙子さんって女性、師匠の想い人なんですよ」

不機嫌そうに放たれた銀ちゃんの言葉をぶった切って、ニコニコしながら透真さんが言う。あれ、何か今とんでもないことを言われたような気がする。

妙子さんが、師匠の想い人……？　銀ちゃんの、想い人⁉

「えーっ！　な、なんですかその面白そうな話！」

「透真！　余計なこと言うなっ。お前は面白がるなー！」

起き上がり、毛を逆立てながら私たちを睨みつける銀ちゃん。

しかし透真さんにはまったく動じる様子はない。私もふわふわの猫が怒ったくらいで、この好奇心を抑えるつもりは皆無だ。

「まあいいじゃないですか師匠。この話はここが造られたことにも関係してるんですし。手伝ってくれている雨宮《あまみや》さんにも、知る権利はあるんじゃないですか？」

宥《なだ》めるような口調でこそあったが、どこか面白がっているようにも聞こえた透真さんの言葉。

猫又の設立に関係している……？　どういうことなのだろう。

確か、ここは銀ちゃんがなんらかの禁忌を犯して猫神様に奪われてしまった妖力を、猫たちを幸せにすることによって取り戻すための場所なはず。

「……もう昔の話だ。今は妙子ともなんの関係もない。下僕が知る必要もない」

ぶっきらぼうにつれないことを言う。が、そんなことを言われると余計知りたくなってしまうのが人の常である。

「知りたい知りたい！　知る必要ありまくりっ！　教えてよ銀ちゃーん！」

私は銀ちゃんがいるキャットタワーの傍らに立ち、彼の背中をガシッと掴んで揺さぶる。

「お、おいやめろっ。よ、酔うじゃないか」

これくらいで酔うのか、高位妖怪たる猫又様は。とりあえずなんでもいいから教えてください。教えろ。

「まあまあ、師匠。とりあえずこれでも飲んで落ち着きましょうよ」

「えっ？」

テーブルの上に酒瓶のようなものを用意しながら、相変わらず感情の読めない微笑みを浮かべて透真さんが言う。

「ぬっ⁉　そ、それは……！　幻の酒、かつおまたたび深酒……⁉」

「……めっちゃ猫が好きそうな名前のお酒だなあ」

安易なネーミングに、私は思わず乾いた笑みを浮かべてしまう。

「にゅ、入手困難なはずだが⁉　透真、どこでこれを⁉」

「いやー、まあいろいろあるんですよツテが。師匠が飲みたがっていたので、頑張って用意したんですよ？」

透真さんが言うツテってなんなのだろう。だけど、ニコニコしながらそつなくなんでもこなしてしまう透真さんなら、幻と言われているお酒くらいすんなり手に入れられてしまう雰囲気がある。なんとなくだけど。

「くっ……！　飲む！　私は飲むぞっ」

俊敏な動作でキャットタワーから降り、お酒が置いてあるテーブルの上に華麗に跳び乗る銀ちゃん。

「ほら、雨宮さんも。紅茶とお菓子を用意しますので、ティータイムとしましょう」

「いいんですか⁉　やったー！」

妙子さんと銀ちゃんの話は気になったけれど、初めての出張で疲れていた体は、ちょうど水分と糖分の補給を必要としていたところだった。

するとテーブルに着いた私に透真さんがこう耳打ちをした。

「……酔わせれば師匠は饒舌《じょうぜつ》になります。もうこっちのもんです」

「えっ……」

思ってもみないことを言われ、驚愕して透真さんの顔を見る。

彼は相変わらず微笑んでいたけれど、その笑みにはどこか黒い陰が垣間見えた気がした。策士だなあ……。まあ、妙子さんと銀ちゃんの話、聞きたかったから嬉しいけれど。

「ん⁉　やはり……美味！　数十年ぶりだが、やはりこの味だな！」

猫用の水皿に入れられたかつおまたたび深酒を、舌でぴちゃぴちゃと舐め始める銀ちゃん。勢いよく飲んでいくその様に、少し心配になる。猫又は急性アルコール中毒になることはないんだろうか。

その後、あっさりと泥酔した銀ちゃんから、「にゃあ⁉　む、昔の話だあっ⁉　そんなもんいくらでも話してやるにゃあ！」と、呂律《ろれつ》の回らない言葉で許可を頂いた。

そして私は、銀ちゃんが語り出した遠い昔の悲恋に、静かに耳を傾けたのだった。

この時はまだ、興味本位だった。その恋物語が常に不遜《ふそん》な銀ちゃんに似つかわしくないほどの辛く切ないものだとは、私はまったく想像していなかったのだ。

もう数十年ほどは前の話になるだろうか。まあ、私たち猫又にとっては瞬きするほどの一瞬の時間だが、人間にとってはかなりの長い年月になるらしいな。相変わらず人間というのは、不便な生き物だと思う。

私はその頃、透真と一緒に仙台の青葉《あおば》山《やま》を中心に縄張りを広げていた。

その時の私は、猫又の中でも最強の妖力を持っていると巷《ちまた》では恐れられ、私の築いた縄張りを侵してくるような阿呆な妖怪など皆無だった。

しかし、蔵王連峰《ざおうれんぽう》という、私のテリトリーから数十キロ離れた遠方を支配していた天狗の一味が、青葉山一帯を支配下に置こうと、大勢の配下を連れて攻めてきたのだった。

もちろん、天狗ごときにやられる私ではない。私は赤子の手をひねるよりも簡単に、多勢な天狗たちを妖力で追い払うことに成功した。

――しかし。

私が大勢の雑魚を相手にしている間、透真に高位の天狗たちが集中攻撃をしていたのだった。

どうやら雑魚の大軍は、私を透真から引き離した隙に、私の次に妖力のある透真を潰す作戦だったらしい。過信してまんまとハマってしまったのは、私のミスだった。

その後、瀕死の透真を庇《かば》いながらも、なんとか手強い天狗たちを追い払うことはできた。

しかし私もかなりの力を使ってしまっていた。平常時に人間の住処《すみか》近くに来た場合は、耳と尾を引っ込めた完全なる人の姿に変化するのだが、その姿を保つ気力はなく、耳と尾が生えた半妖の状態で、ある人間の屋敷の裏庭で力尽きてしまったのだった。

――妙子と出会ったのは、その時だった。

「あら！　耳もしっぽもふわふわ！　変わったお方ね……まぁ！　ひどいお怪我だわ！」

妙子は面妖な私の姿に怯えることなく、私を屋敷の倉庫へと運び、傷の手当てをしてくれたのだった。

一目で人間ではないとわかる私に構うなんざ、この女阿呆なのではないか。呆れながらも、半死半生の私は彼女の介抱に身を任せるしかなかった。

「なんで私みたいな得体の知れないやつ、助けたんだ？」

少し体調が回復してきた頃、私は妙子に尋ねた。すると彼女は、ふふっとおかしそうに笑った。

「だって、すごく綺麗だったんですもの。あなたの銀色のしっぽと、耳と、その瞳が」

「馬鹿か。私は妖怪だぞ。人間にとって恐怖の対象なんだ」

「あら、そうなの？　あいにく私は妖怪とかよく知らなくって。これでも箱入り娘だもの。それにあなたみたいな綺麗な人、あのまま死んじゃったらもったいないじゃない？　だから放っておけなかったの」

「……なんだ、それは」

変なことを言う女だ。確かに私は自分で言うのもなんだが、類まれなる美しい容姿を誇っているから、くたばったら世界にとっての多大な損失になることには違いないが。

人間なんて下等な生き物、私はいつでも軽くひねり潰せる妖怪なのだ。なんのためらいもなく。妖力が完全に回復したら、面倒だしこの女も……。

「それに悪いけどね、あなた全然怖くないわよ。優しさが溢れんばかりに滲み出てるわ」

「にゃ、にゃんだとっ⁉」

高位の猫又様を捕まえて、怖くない、優しさが滲み出てる、だと？　あまりに危機感のない女に、私は毒気を抜かれてしまい、彼女をどうこうする気は一瞬にして失せてしまった。

妙子は、人間にしては美しかった、いや妖怪の女を含めて考えても、絶世と言えるほどの美貌の持ち主だった。

緑の黒髪を腰ほどまでに伸ばし、櫛《くし》で丁寧にとかされているためか、そよ風でもさらさらと靡《なび》く。

漆黒で大きな瞳は常に好奇心旺盛に光り、二十歳前後と思われるのに、表情は少女のように愛らしかった。

桜色に艶《つや》めく唇は、純粋さと妖艶さの狭間にいて、子供のようにかわいがる存在なのか、情欲を抱いていい対象なのか、混乱させられる。

数百年生きているはずの私が会ったことのないタイプの女だった。

妙子の献身的な介抱のおかげで私の妖力はすぐに完全復活した。しかし私は自分でも「まだ少し体が痛む気がする」と無理やり思い込み、彼女の住む屋敷の倉庫に居座った。――居心地がよかったのだ。

「銀之助《ぎんのすけ》さんは、ご家族はいらっしゃらないの？」

ある日、食事を持ってきた妙子がそんなことを聞いてきた。

「妖怪の形も様々でな。人間のように家族を持っているやつもいるが、私みたいに独りで生きているやつもいる。自由気ままでいいもんだ」

家庭的な妙子のことだから、「まあ、それは寂しいことね！　誰かお嫁さんを貰《もら》った方がいいわよ！　私が見繕ってあげようかしら？」なんて、お節介なことを言ってくる……私はそう思っていた。

「自由、気まま……」

妙子が切なげに顔を歪《ゆが》め、ぼそりと呟いたので私は眉をひそめた。

「どうした、妙子」

「銀之助さん。──私は生まれた時からね、自分の生きる道が決まってるの。良家の令嬢というのはね、そういうものなのよ」

私を匿っている倉庫もかなり大きく、価値のありそうな骨董品が所狭しと積まれている。

人気がない時間に外に出た際に見えた妙子の住む屋敷は、首を大きく振らないと全体が見えないほどに立派だった。

最初に「箱入り娘だもの」と言っていた通り、妙子が由緒ある家系の娘であることは本当だろう。

「別にね、不満はないの。お父様もお母様も、私が幸せになることを必死に考えて、未来の道を用意してくれていることがわかるもの。ふたりの言うことを聞いていれば、私は確実に幸福な一生を送れる。生まれた時から婚礼が決まっている、婚約者と一緒になればね」

「へえ」

私は気のない返事をした。別に妙子の一生なんて興味はない。──ないのだ。しかし何故、今心がひっかかったのだろう。

「たまにね。気ままな猫のように。──あなたのように。なんのしがらみもなく、明日はどこに行こうかな、何を食べようかな……なんてぼんやり考えながら、生きてみたら、どうなるのかしらって考えてしまうのよ」

妙子はくすくす笑いながら言った。だが、何故か言葉の端々に、寂寥《せきりょう》感があるような、そんな気がした。

——そこからは早かった気がする。その時の私はすでに人間で言うと数百歳だったが、不老不死の猫又にとって年齢なんてあってないようなものだ。

猫又はいつだって若く、生気に満ち溢れている。そして妙子は妙齢だった。

若い男女が密会し、そしてお互い美しく魅力に溢れていたとしたら。通じ合うのは、必然のことだった。

しかし私たちは最後の一線を越えることはなかった。猫又にとって人間との交わりは禁忌だし、妙子にも婚約者がいる。

だから私は、妙子が人目を忍んで倉庫に来る度に、彼女を抱きしめ、接吻をした。

——まあ、これくらいなら、見逃して欲しいところだ。

私が妙子に世話をされ始めてひと月ほど経った頃だった。

「ねえ、銀之助さん。仙台七夕まつりって知ってる？」

妙子がそんなことを尋ねてきた。

その頃の私はまだ青葉山へ帰る気が起きず、日中は倉庫で妙子と過ごしたりひとりのんびりしたりし、夜は付近の妖怪と酒を酌み交わしたりして穏やかに過ごしていた。

透真のことは気になっていたが、猫神に預けておいたので大丈夫だと思う。あいつはやけにしぶといし。

「詳しくは知らんな。だが、毎年この時期に人間たちが何かピラピラした飾りをそこら中に吊るしてるのは知ってる」

ちょうど今くらいの時期だった。何年か前の夜中に、人気の少なくなった仙台駅周辺を歩いたことがある。

赤や黄色、青や緑といった、色とりどりの和紙で作られた短冊状の大きな飾りが、天井からたくさん吊るされていた。

何かの儀式だろうか、と思ったけれど、別に興味もなかったのでただ漠然とぼんやり眺めた。人間も綺麗なものを作るな、と感心はしたが。

「仙台七夕まつりは、東北三大祭りのひとつで、旧暦の七夕である八月七日とその前後一日に仙台駅周辺で開かれる大きなお祭りのことよ。私、七夕飾りが大好きなの。和紙が風に揺られてはためいて、色とりどりで……。あれを見ていると、不思議な気分になるの」

「へえ。まあ、私も嫌いじゃない」

「あら！　そうなの⁉　意外だわー！」

「……何故？」

「だって銀之助さん、いっつも人間ごときがとか、人間風情が、なんて毒づいているんだもの。人間のお祭りなんて興味ないって言うかと思ったわ。本当は、人間のことそんなに嫌いじゃないのはわかっているけどね」

おかしそうに言われて、私は苦笑を浮かべる。別に人間のことなんて好きでも嫌いでもない。というか、どうでもいいのだ。まあ、ちまちま生きているやつが多いから見下しているのは認める。

――妙子だけはほかの人間とは別だが。

「それで、その仙台七夕まつりがなんなんだ」

からかわれたので、一応私は少しムスッとしたポーズを取って言った。

「一緒に行きたいの。銀之助さんと。私が初めて、自分から求めた人と」

潤んだ瞳で私を見つめ、妙子がはっきりと言った。私は虚を衝《つ》かれる。

「そんなことしたら、誰かに見られるんじゃないか」

妙子は良家の令嬢なのだ。得体の知れない、しかもあやかしの男と密会しているなんてことが明るみに出たら、一大事なのである。だから私を匿っている倉庫に来る時は、細心の注意を払っているらしい。

したがって、大勢の人間が集まるらしい七夕まつりなんかに私と行くなんて、危険極まりない行為なのである。

「大丈夫よ！　スカーフを真知子巻きにして眼鏡をしていくから！」

「真知子巻き？」

「最近流行っているの。こうやって巻くのよ」

妙子は持っていた手ぬぐいを頭から首にかけて一巻して、楽しそうに笑った。そのはしゃいだ様子がなんとも愛らしく見えた。

「……残念だ」

「えっ？」

「これに眼鏡なんてしたら、妙子の美しい髪と肌がほとんど見えぬではないか」

私は妙子の張りのある頬《ほお》を指で撫でながら言う。彼女は瞬時に赤面するも、心底嬉しそうに微笑んだ。

「だって、見えちゃまずいじゃない？」

「そうだな」

そして私は、八月七日の昼下がりに、スカーフをおかしな巻き方をして分厚い眼鏡をかけた女と仙台七夕まつりへと出かけた。

私は彼女が用意してくれた人間用の甚兵衛《じんべえ》をまとった。父親が昔着ていたものを、こっそり持ち出してくれたのだった。もちろん、耳と尾は引っ込めている。

妙子に勧められて、笹かま焼きやずんだ餅というものを初めて食べてみたが、笹かま焼きは魚が原料であるためか、かなり好みの味だった。枝豆を潰して甘くしたずんだは、いつもは酒のつまみとして塩味の枝豆を食べる私には、最初は違和感があった。しかし食べているうちに、柔らかい餅と枝豆の粒が絡み合って絶妙な甘さになっていることに気づき、おいしく完食することができた。

そして、祭り会場の一角で短冊とかいう紙に願いごとを書くコーナーがあり、妙子と一緒に書くことになった。

願いごとか。永らく生きられる私たち妖怪にとっては、あまり考えたことのない事柄だ。のんびり過ごしていれば、日々状況は変わる。いつかその時が来るならただ待てばよいのだ。

しかし人間は長くても百年しか生きられないらしいから、短い人生の間に願いが叶うよう、神に祈るのだろうな。

「銀之助さんはなんて書いたの？」

笹の葉に短冊の紐を巻き付けていると、妙子が首を傾げて尋ねてきた。

「うまい酒を浴びるほど飲みたいと書いた」

さすがに私といえども、高価な酒はなかなか手に入れることはできない。神頼みするにはうってつけの願いだ。

「銀之助さんらしいわねえ」

くすくす笑いながら、私の隣で短冊を笹に括《くく》りつけようとする妙子。

「そういう妙子はなんと書いたのだ」

「私ー？　んー……内緒よ！」

「ずるくないか、人には聞いておいて」

「いいの！」

無邪気に微笑みながらそう言われては、それ以上追及することは敵わない。妙子の笑顔を見るだけで、他のことなどどうでもよくなってしまう。

しかし、私は目がいいのだ。猫又の動体視力をなめちゃいけない。妙子が笹につけた短冊の表面が、風に流れて一瞬私の方を向いたので、私は瞬時に字を読み取った。

『銀之助さんが私を忘れませんように。ずっとずっと忘れませんように』

――何を書いてるんだ、妙子は。

ひどく胸がざわついた。妙子を責め立てようかとも思った。しかし、彼女にとってこの願いは、私との恋において、最大限の幸福な結末なのだろう。

今後伴侶として歩むということは絶対に不可能なふたりなのだから。

妙子の短冊の願いごとを見てしまったことを言えないまま、私たちは屋敷への帰路に就いた。

その道中、最初は「飾り綺麗だったわ！」「バレてないかしらね？　でも、スリルがあって面白かった！」なんて、いつもの調子で言っていた妙子だったが。

屋敷が近づくにつれて口数が少なくなり、どんどん表情が曇っていった。私はけやき並木をぼんやりと見ながら、彼女との別れが近いことを察した。

「来週、結婚するの」

そして屋敷の敷地内に忍び足でふたりで入り、私が寝床にしていた倉庫の扉の前に来た時に、妙子が言った。はっきりと。

「そうか」

私は妙子に背を向け、倉庫の扉に手をかけて言った。このまま何も言わずに、早く中に入って扉を閉めなければ。早く妙子から離れなければ。

来週、私の妙子を自分のものにする人間の男がいる。そう考えただけで、正気を失いそうになるほどの嫉妬に駆られた。早くひとりになって気を鎮めなければ。――私は妙子をどうにかしてしまう。

しかし、そんな努力を嘲笑うかのように妙子は私の背中に抱きついてきたのだ。

「……妙子。誰かに見られるぞ」

理性をかき集めて、必死に声を落ち着かせて言う。しかし妙子は私に抱きついている腕を緩めようとはしない。

「一度だけでいい。たった一度でいい。大好きなあなたと結ばれたい。――そうすれば私は、一生貞淑《ていしゅく》な妻でいられる。この恋を大切な思い出にして、夫を生涯愛しぬくことを決意できる」

「……妙子」

「だから、お願い。――銀之助さん」

名を呼ばれたら、もう無理だった。私は倉庫に妙子を引っ張りこみ、そして抱いた。

たった一度の。一夜限りの。そんな愛になるはずだった。しかし、心も体も深く繋がってしまった私たちは、離れがたくなってしまった。

「駆け落ちしましょう。婚礼の朝は、屋敷の人間はみんな浮かれて私への注意が散漫になる。——だから、逃げられる」

私に人生をかけたその女の瞳には深い決意が宿っていたが、何かの拍子に一瞬で壊れてしまうような脆《もろ》さも感じられて。私がそばにいなければ、ダメだと思った。そしてそばにいれば大丈夫だとも。

しかし約束の日、妙子は姿を現さなかった。時間を間違えたのかと数時間待ち、日付を間違えたのかと数日待っても、来なかった。

妖力がなくなり猫の姿になってしまうまで待っても、来なかった。屋敷に迎えに行こうかとも思ったが、入れ違いになったら妙子が嘆き悲しむと思ったら、行けなかった。

そして体力が尽きかけた頃、私の眼前に猫神と、少し前に軽くあしらった天狗の一匹が現れた。

「銀之助よ。人間の女と交わったな？」

九つにもわかれた尾を風に靡かせ、輝く金目で私を無表情で見据える猫神。体長は数メートルにも及び、太い縞模《しまも》様《よう》を描いた全身は、まるで虎を思わせる。人間たちが言うところの、化け猫だ。

天狗はそんな猫神に金魚の糞のようにくっつき、力尽きかけて地面に横たわる私に向かって下卑た笑みを浮かべていた。

なんの偶然かは知らないが、このクソ天狗に私と妙子の一部始終を知られているらしい。そして、猫神に言いつけたってわけか。このチクリ天狗。

人間との交わりは、絶対的な禁忌。理由は知らない。万物創世の頃から、そうだと決められているとか。

今までは「さようか」くらいにしか思っていなかったが、なんて無意味な決め事なのだろう。理不尽さすら覚える。

「……だったら、どう……だというのだ……？」

喉がカラカラの私は、掠れた声で悪態をついた。猫神は私に尋ねさえしたが、こいつは見た瞬間にそんなことなどわかっているはず。なんたって、神様なのだからな。

ご苦労なこった。

「残念ながら、見過ごすわけにはいかぬのだよ、銀之助」

たいして残念ではなさそうに言う。禁忌を犯した者の末路は決まっている。妖力の消失と、位の返上。

「……だろうな」

「しかし、お前が禁忌を犯したのはこれが初めてのことだ。妖力を取り戻すチャンスを与えよう。そのためには、猫たちの幸福を作り上げることを命ず」

「幸福……？　なんだ、それは」

そんな抽象的なことを言われても困る。金銀財宝を用意しろと言われた方が、よっぽどやりやすい。

「さてな。人間の女と心を通わせたお主ならば、わかるのではないかな」

わかるか、そんなもの。妙子の幸せを守れなかった私に、わかるはずないだろう。

「姦通した女自身の記憶もすべて消しておく」

まあ、そうなるだろうな。猫神に見つかった時点でわかっていたことだ。かえってその方がよかったとすら思える。妙子は良家の令嬢なのだ。こんな妖怪と交わったなんてこと、いつか後悔する日が来るかもしれない。いや、きっと来るに違いない。すべて忘れて、人間の夫と平凡な幸せを手に入れた方がいい。

そして私は、その場で長い年月をかけて強大に成長させた妖力を、ほとんどすべて奪われたのだった。人語を話せることと触れた者の過去を知れる能力以外は、ただの白猫へと成り下がってしまった。

猫神が去った瞬間、チクリ天狗に踏み潰されそうになったが、弟子の透真がすんでのところで救出してくれた。

――昔の話だ。妙子はすべてを忘れている。そして私も今はもはや、ただの白猫なのだ。

「だから言っただろう。今はもう関係ないと」

話し終えた頃の銀ちゃんの酔いはすでにすっかり醒めていて、そう言うとぷいっと私から顔を逸らした。透真さんは、銀ちゃんが散らかしたお酒の残骸をキッチンに片付けに行ってしまった。

いつも偉そうにふんぞり返っている猫又から聞いたまさかの悲恋に、私の瞳にはいつの間にか涙が溜まっていた。

「銀ちゃんと妙子さんにそんな悲しいことがあったんだ……」

「だから言ったのだよ。人間との恋なんてろくなことがない、とな」

不機嫌そうに、その白銀色の不老不死の猫は呟く。

それにしても、本当に。なんて悲哀に満ちた恋なのだろう。茶房での出来事を通して、銀ちゃんや透真さんの人間らしい感情を知った今、妖怪と人間が愛し合うことの何が悪いのか、まったくわからない。ふたりは心から通じ合っていたというのに。

「猫神様もちょっとひどいんじゃない？」

理不尽な猫神の対応に納得のいかない私だったが、銀ちゃんは遠い目をして、虚空を眺めた。

「まあ、もう昔の話だ。私にとっては最近の出来事だがな」

妙子さんを見る限り、齢は七十代から八十代だろう。ということは、大まかに考えても五、六十年前ということになる。人間にとっては大昔の出来事だ。私の両親ですら、生まれているかいないかといった時代だ。

しかしいくら過去のこととはいえ、燃え上がるような大恋愛を、こんな悲しいまま終わらせていいのだろうか。

「銀ちゃんは、妙子さんともう関わりたくないの？　会って話をしたくないの？」

「妙子が近くに住んでいたことは知っていたさ。しかしいまさら会ってもどうにもならないだろう。向こうは私の記憶がないのだ。それに今の私は、こんな姿だしな」

確かに銀ちゃんの言う通りではある。妙子さんの中では、銀ちゃんへの想いどころか、銀ちゃんの存在すらなかったことになっているのだ。そして銀ちゃんは出会った頃の姿にはなれない。そんなふたりが再会したところで、どうにもならないだろう。

だけど、こんなに近くにいるのに。今日なんて同じ場所にふたりがいたのに。過去に想いを通じ合えたふたりが、同じ空間にいたというのに。

「それにな。妙子は駆け落ちの場所に来なかったのだ」

ぼそりと、少し自嘲的に銀ちゃんが言った。

「だけどそれは、きっと何か理由があるんじゃないかなあ」

銀ちゃんの話から想像する妙子さんの性格では、約束を違えるような人ではないと思った。それに今日私がこの目で見た彼女にも、不誠実な印象はまったくない。少ししか話していないけれど、きっとそうだと思う。女の勘だが。

少し間を開けたあと、銀ちゃんはこう言った。

「仮にそうだとしてももう関係ない。今のあいつは猫が苦手なのだろう？　私が近寄ったところで、拒絶されて終わりだ」

本当にどうしようもないことなのかもしれない。片方は相手の記憶がなく、もう一方は過去とはまったく違う姿になっている。しかも相手が苦手とする姿に。ふたりが心を通わせることは、もう無理なのかもしれない。

しかし私はあることを思い出してはっとする。

「あ！　でももうすぐ銀ちゃんの力って戻るんだよね？　そうしたら元の人間っぽい姿になれるんじゃないの？」

「………。だから、いまさら会ってどうすると言うのだ。妙子もあの後は世帯を持ち、今はもうだいぶ歳も取った。もう終わったことだ」

そう言うと、銀ちゃんは部屋の隅に置かれていた座布団の上で丸くなった。

それはそうなんだけど。たとえ妙子さんの記憶が戻ったとしても、いまさらふたりがやり直すなんてできるわけないことは、わかっているけれど。

このまま、ふたりの間に起こったことが、まるで何もなかったかのように終わるのは、なんだか寂しい気がする。

命をかけるような大恋愛をしたことがない私は、せっかく深く愛し合うことができる相手を見つけられたのに、どうして一緒にいられないのだろうと、やるせない気持ちでいっぱいになってしまったのだった。

湊上漁港で開催されている朝市は、早朝六時半という時間にも拘《かか》わらず、大勢の人で殷賑《いんしん》を極めていた。

湊上では人気の飲食店の主人や、近所の主婦たちが、所狭しと立ち並んだ露店で食材の調達を行っている。

また、屋台には新鮮な魚介類を用いた定食メニューや丼物が並んでいて、隣接されたテーブルスペースには親子連れや夫婦などが朝食を楽しんでいる光景も見られた。

「うわー、久しぶりに来たけど相変わらず賑わってますね。透真さんはよく来るんですか？」

私の隣で歩く透真さんに向かって尋ねると、彼はきょろきょろと露店を見回しながら、こう答えた。

「ええ、よく来ますよ。師匠の酒のつまみを買いに」

「朝からお使いさせるなんて、人使いの荒い師匠ですね……」

「いいんです。僕も一緒にいただいていますしね。それに、師匠はうまい酒とつまみを与えておけば機嫌がいいですから。手の平の上で転がすためには必要な手間です」

いつもの穏やかな笑みを浮かべる一方で、黒いことを言ってのける透真さん。私は「そ、そうですね」と乾いた声で言う。

本日は、待ちに待った満月の日。湊神社での儀式の後に、銀ちゃんが元の妖力を取り戻せるかもしれない日だ。

儀式は黄昏時に行われるとのことで、今夜、銀ちゃんと透真さんはお店で祝杯をあげる予定だそうだ。

「雨宮さんも頑張ってくれていますし、よかったらいらしてください。お祝い事ですから、人が多い方がいいですしね」と透真さんに誘われ、私も参加することになっている。

それで、その宴のための食材を、私と透真さんは朝市に調達しにやってきたというわけだ。

また今日はこの後、この前の老人ホームで第二回目の保護猫ふれあい会がある。労働の後の宴は楽しみだ。

ちなみに透真さんの話だと、銀ちゃんは、今日の会には参加しないらしい。

黄昏時の儀式の時のために、心を落ち着かせておきたいと言っていたらしいけど、妙子さんに会うのが複雑だから逃げたんじゃないかと勝手に思っている。

このまま会わないで終わるのかなあ。なんだか切ないけれど、私の出る幕じゃないしなあ。

などとしんみり思いつつ、どれくらいの量の酒の肴《さかな》が必要なのだろうとぼんやり考える。妖怪って人間より食べそう。いっぱい買ったほうがいいよね。

銀ちゃんが好きそうな海の幸を透真さんと一緒にたくさん購入した後、その後は各々の買い物をするために別行動を取ることになった。

私は芋煮と書かれたのぼりが立っているところへと、真っ先に向かう。味噌を煮込んだ香ばしい香りが漂ってきて、芋煮を求めて集まってきた人が店の前で長蛇の列を作っていた。

列の最後方に並ぶと、露店の様子は窺えない。柊ちゃんがおばあちゃんの代わりにお店の手伝いをしているはずだが。

大きな鍋から芋煮をお椀によそって、配るだけだからか、回転は早かった。並んでから数分で、私の順番が回ってきそうなくらいになった。——しかし。

芋煮をせわしなく準備している人の中に、柊ちゃんの姿が見当たらなくて、私は眉をひそめる。芋煮スタッフは、五十代以上の中高年の女性しかいない。お手洗いにでも行っているんだろうか。

私の順番が回ってきて、会計担当のおばさんにお金を渡し、よそわれたばかりの芋煮を受け取る。

発泡スチロール製のお椀から手に熱が伝わり、少し熱かった。里芋や豚肉が煮込まれた匂いが、なんとも食欲をそそる。

そのタイミングで、私は芋煮を渡してくれたおばさんに尋ねた。

「柊ちゃん……妙子さんのお孫さんが今日お手伝いをするって聞いてたんですけど、いらっしゃらないんですか？」

「ああ、柊弥くんね。なんだか体調を崩したみたいでねえ。今日は来られないって連絡があったのよ。本当に申し訳なさそうにしていたわ」

体調不良？　どうしたんだろう。風邪だろうか？　おばさんに突っ込んで聞きたかったけれど、後ろにはたくさんの人が並んでいたので、私は「そうなんですね。ありがとうございます」と告げて列から抜ける。

あとで電話かメールで聞いてみようかな、と考えながらも、とりあえず芋煮を食べようと、長テーブルと椅子が並べられた飲食スペースに向かい、椅子に腰掛けた。

傍らには、来場者が朝市で買った魚介類などをその場で調理できる焼き場があった。大ぶりのサザエやホタテの良い香りが漂ってきて、おいしそうだなあと思いながら、芋煮の汁をひと口すすった時だった。

「珍しいな、ミコがいるなんて」

いきなり頭上から声をかけられた。見上げると、お盆を持った百汰がテーブルの脇に立って私を見下ろしていた。

朝日に照らされた彼の微笑みは、いつもに増して爽やかだ。

「百汰も朝市なんか来るんだ」

そんなことを思ったのはおくびにも出さず、私は何気ない口調で尋ねる。すると百汰は私の正面に来るように腰を下ろした。持っていたお盆には、焼鯖定食が載っている。ほどよく脂が乗った鯖が艶やかで、まさに理想の朝定食だった。

そして、彼は苦笑を浮かべてこう答えた。

「いや、俺は毎週いるっつーの」

「なんで……あ！　真田堂か！」

「そ。俺んちも朝市に店出してるから。朝市限定のかまぼこなんて、いつも売り切れんだぜ」

少し得意そうに百汰が言う。真田堂の跡取りとして板に付いてきているなあ。百汰ももう二十五歳、いい大人なんだから当然か。

私がブラック企業で考えることをやめて言われるがままに働いている間、百汰は真田堂で仕事のノウハウを覚えて、経営を学んで、お得意様を回って。ちゃんと大人になるために歩んでいたんだよなあ。

大学を卒業してからの二年間、洗脳されて社畜になっていた私は、彼のようにきちんとした大人になれているのだろうか。この前「大人っぽくなった、きれいになった」と彼は言ってくれたけれど、自分には何も残っていない気がする。湊上に戻ってからせっかく見つけた居場所も、もうじきなくなってしまうらしいし。

――何も残っていない。そのキーワードから、なんとなく銀ちゃんと妙子さんのことを思い出した。

あのふたりの愛がどこにも存在しなかったかのように終わってしまうのが、どうしても寂しかった。

「どうしたんだ、考え込むような顔して」

鯖の骨を器用に取りながら、百汰が私に尋ねる。

「いやあ、ちょっと複雑でしてねえ」

里芋を箸で摘《つま》んで頬張る。味噌味が奥まで染み込んでおり、ホクホクとした柔らかさが絶品だった。

「複雑？」

「昔、好きだった人に好きだって言えない状況」

私がそう言うと、百汰は盛大にむせた。あまりにいきなり咳き込み出したから、私は狼狽《うろた》えてしまう。

「ちょっと大丈夫!?」

「げっほ、だ、大丈夫」

涙目になりながら百汰が言う。本当に大丈夫なのかと不安になったが、数回咳払いをしたら、落ち着いたようだった。

「昔好きだった人って誰……？」

やたらと恐る恐る尋ねてくる百汰。どうやら私のことだと勘違いされているようだ。

私は軽く笑いながら、手のひらを自分の顔の前でパタパタと振る。

「やだ、私のことじゃないよ。えーと……猫又によく来る、お客さんのこと」

「なんだあ。そうかあ」

私が適当に誤魔化すと、強ばっていた百汰の顔が一瞬で弛緩した。別に私のことだったとしても、そんなに緊張することないのに。

「それで、いろいろ難しくてねえ……。ふたりともお歳を召した方で、お互いにもう家庭のようなものもあって。別にもう、ふたりでどうこうなろうってわけじゃないとは思うんだけどさ。すれ違いで別れてしまったふたりだから、なんだか見てると辛くてね。このまますれ違ったまま終わっちゃうのがさ」

あやかしが絡んでいるなんてことは言えないから、適当に銀ちゃんと妙子さんの関係を説明する。

「ふーん。なんだか訳ありだなあ」

味噌汁をすすりながら、百汰が神妙な口調で言う。自分とはまったく関係ない、私の知り合いの話なのに、ちゃんと耳を傾けてくれて嬉しかった。

そういえば、百汰はいつも私の話をしっかりと聞いてくれる。幼い頃からずっと。学校で軽い仲間はずれに遭って落ち込んでいた時も、やりたいことが見つからなくて進路に悩んでいた時も。

「つまり、昔の恋愛ですれ違いがあって、好き同士だけど別れちゃったってことか」

「まあ、そんなとこだね」

「…………。それ、すごく残念だな。タイミングとか、その時の立場とか。いろいろうまいことといけば、いい結果になったんだろうに」

やたらとしんみり言う百汰が少し不思議になった。何か、感情移入するところでもあったのだろうか。

「時間が経っちゃったみたいだけど、お互いのわだかまりを解くくらいは家族も許してくれるんじゃないかな。高齢の人なら特に。できるだけ後悔を残したくはないよな」

「…………」

銀ちゃんは不老不死らしいから、その辺の感覚はわからないだろう。だけど妙子さんは、どんなに長くてもあと二十年以内には亡くなってしまう。

何もかも忘れているのだから、このまま何もしない方が彼女にとってはいいのかもしれない。――だけど。

妙子さんの話をしている時の銀ちゃんの瞳が、私にはとても寂しそうに見えて。

やっぱり昔の深い愛を、まったく存在しなかったことにするのは、とても残念な気がしてならないのだ。

「…………。っていうかさ。やっぱりミコ、昔と変わったな」

「へっ？」

銀ちゃんと妙子さんのことをじっくり考えていた時に、自分のことを百汰から言われたので、私は間の抜けた声を上げる。

「今の話し方、猫又のお客さんのことを本気で心配してるように見えたよ。すごく一生懸命仕事してんだなって思った」

「え……ああ、まあ猫は好きだから、頑張ってはいるかな」

正確には猫又のお客さんの話ではないのだが、猫又で労働に精を出していることは本当だったので、素直に肯定しておいた。ブラック企業で上司の命令を聞くロボットに成り下がっていた時とは違い、自分の意思を持って仕事をしていることは間違いないし。

「昔、俺の後ろについて回ってたミコとは違うっていうか、地に足がついてるっていうか……。はは、ガキの時みたいな扱いしちゃいけない気がしてきたわ」

「ええ～？　別にたいして変わってないよ私は。昔のまんまでいいから！」

苦笑を浮かべながらよくわからないことを百汰が言ってきたので、私は明るく言う。

せっかく幼馴染としての交流が復活したのだから、いまさら距離を置かれても寂しいものがある。

なんてことを思っていたら、百汰が急に深刻な顔をした。

「あのさ、ミコ。猫又の店長の透真さんのことなんだけど」

「え？　透真さんがどうしたの？」

なんで急に透真さんの話になったのだろう。何か気になることでもあるのだろうか。

「あー。かっこいいよな、あの人」

「だよねー！　超絶美形だよね。彼目当てのマダムたちが毎日のように通ってくるんだよ！　すごいよね」

「今日さ、ミコあの人と朝市来てたじゃん」

「ああ、見てたんだ」

「付き合ってるの？」

「誰と誰が？」

「この話の流れだと、ミコと透真さんの話だってわからない？」

「……はっ？」

まったく考えたことのない事柄だったので、理解にしばしの時間を要した。私と透真さんが？　お付き合い？

「いやいやいや！　ないないないない！」

私は全力で首を横に振り、きっぱりと否定する。

透真さんは確かに、ずっと見つめていても飽きないくらい見目麗しいけれど、恐れ多すぎてそういう対象じゃない。向こうだって私を恋愛対象だとは思っていないだろう。

「そうなの？　仲良さそうに見えたから」

「店長とバイトとしてはうまくやってるけど、ほんとそういうんじゃないから！」

いまだに疑いの目を向ける百汰だったが、私は重ねて否定する。――すると。

「なんだ、よかった」

百汰が私の瞳に視線を合わせ、はっきりとそう言った。

「どういう意味……？」

「そのまんまの意味」

困惑した私が尋ねると、百汰が瞳を逸らさずにそう言い切った。

会話の流れからすると、私と透真さんが恋人同士じゃないことがわかって「よかった」と百汰が言っている。――と、なると。

百汰が私を、好きっていうことになるんだけど。え、でも私昔ふられてるよね？　妹にしか見えないって。あれ、でももう妹には見えないんだっけ私。え、ということは？

「えっ、あ、えーと……？」

混乱して覚束ない声を上げてしまう。そんなわけないと思いつつも、どう考えても百汰はそうだと言っている。しかも、狼狽える私を百汰がじっと見つめるものだから、それが余計私の心をかき乱す。

「……俺さ」

百汰が意を決したように、何かを言いかけた時だった。

「美琴ちゃん！」

「おっ、百汰もいんのか」

現れたのは、静香さんと太一兄ちゃんのカップル。少し前に恋人同士となったがうまくいっているらしく、手をしっかりと繋ぎあっている。

百汰は苦笑を浮かべ、「おはようございます」とぼそりと呟く。変な緊張から解放された私は、安堵してやっと百汰から目を逸らすことができた。

あれ、でも百汰は私に告白しようとしていた？　いやいやまさか。長年幼馴染、それも妹にしか見られなかった私が、ちょっと大人になったからっていきなり好きになってくれるなんて、映画や小説のような展開はありえない。

「朝早くから仲がいいですねえ」

からかうように言うと、太一兄ちゃんが照れたように私から視線を逸らした。静香さんはクスクスと笑う。

「朝市行ったことなくて。行ってみたいって言ったら、太一さんが案内してくれることになったの」

「おっ、さすが太一兄ちゃん。静香さんのお願いはなんでも聞いちゃうもんね！」

「お前なあ、いちいちからかうのやめろよ。……あっ、そういえば」

「何？」

「さっき透真さんに会ったんだけど、お前のこと捜してたぞ。朝市でたくさん買っちゃって、運ぶの手伝って欲しいみたいだった。真田堂の露店の近くにいたけど」

「え、ほんと？」

太一兄ちゃんの言葉に、私は立ち上がる。

「ミコ、もう行くの？」

百汰がやたらと名残惜しそうに言った。いつも空気の読める彼がそんなことを言うのを不思議に思った。状況的に私はもう行かなければならないとわかるはずなのに。

やっぱりさっきの話は告白で、続きを話したいとか？　いやいや、ありえないってやっぱ。

「え、うん」

「もうちょっといてよ。俺が食べ終わるまで」

「……？　ごめん。捜されてるみたいだから、もう行くよ」

その言葉の意味がわからず、透真さんが困っているらしいので、そう言って私はその場を離れた。そして透真さんとすぐに合流し、銀ちゃんのために買ったおつまみの山を半分持ち、猫又の店舗へと向かう。

よくわかんない百汰だったなあ。

いろいろ腑に落ちないことがたくさんあったけれど、猫又の店舗へ行ってこのあと行われる保護猫ふれあい会の準備をしているうちに、このことをすっかり忘れてしまった。

前回と同じ老人ホームで保護猫ふれあい会が始まってすぐに、私はミーナに急かされて、少し離れた場所から猫たちを眺めている妙子さんに話しかけに行った。

ミーナも私にはついてきたが、妙子さんの視界に入らないように彼女の車椅子の後ろでちょこんと座っていた。しかし、途中で飽きてしまったのか、今は床の上で丸くなって眠っている。

またミーナのことを控えめに聞いたがやはり断られてしまった。その後すぐに退散しようと思ったけれど、妙子さんはおしゃべり好きな明るい人のようで、次々と様々な話題で話しかけてきた。

「雨宮さんはどういう人が好みなの？」

私結構モテるのよと言う妙子さんの、過去に数々の男性に口説かれた話を楽しく聞いていたのだが、急に話を振られたので一瞬言葉に詰まってしまった。

「好み……うーん」

そんな話は随分していなかったので、少しの間黙考する。しかし、幼い頃から絶対に譲れなかったポイントがひとつだけあったことを、すぐに思い出した。

「魚をきれいに食べられる人ですね」

亡くなった父が魚を食べると、まるで漫画で見るような魚の骨の形がきれいに残っていた。それが本当に面白かったし、どうしてもそんな風に食べられなかった私は父のことを神のように崇《あが》めていた。

そんな父のせいか、男の人は魚がきれいに食べられてなんぼと私は思い込んでしまい、小学生の頃から友達に好きなタイプを聞かれると、「魚をきれいに食べられる人」と答えていた。

友達には、何それ意味わかんないと笑われ、通りすがりで聞いていたらしい百汰には訝しげな顔をされたけれど。

だけど私はやっぱり、そういう人がいい。それができる人なら、きっと父のように穏やかで優しい人なんじゃないかと思うから。

と言っても、完全に父に似ている人を求めているわけではない。そういう気質の人がいいという、大まかな分類だ。私は別にファザコンではない。

「それはきっと素敵な人ね」

妙子さんは目を細めて言った。彼女なら、この曖昧な感情をなんとなく理解してくれるんじゃないかと思った。言ってよかった。

すると妙子さんは、遠くの猫を見ながら静かに語り出した。

「私はね、もう亡くなってしまった夫とは生まれた時から結婚が決まっていたの。でも夫は優しかったし子宝にも恵まれて、私は幸せだったわ。——だけどね」

妙子さんの視線の先には、職員が飾り付けたらしい七夕飾りがあった。そういえば、もうすぐ七夕まつりが仙台駅周辺で開催されることを、私はふと思い出した。

東北四大祭りのひとつの仙台七夕まつり。バブル景気以降に山形の花笠《はながさ》まつりが加わって四大になったらしいから、銀ちゃんと妙子さんが七夕まつりでデートした頃は、三大祭りだっただろう。

「結婚する前に、命がけの熱い恋をしたような気がするの。相手の名前も顔も思い出せなくて、いつか見た夢のことを微かに覚えているだけなのかもしれないけどね。でも、確かにあの人は存在したような……。抱きしめられた感触があまりにも鮮明で、夢だって片づけることがどうしてもできないの」

それは夢じゃないですよ。そう言いそうになる。しかしすんでのところで私は口を噤《つぐ》んだ。すると妙子さんは苦笑いをした。

「あら……。私何を言っているのかしらねえ。ごめんなさいね、変なことを言って。あなた話しやすいから、ついつい喋《しゃべ》っちゃったわ」

「いいですよ、話してください」

私が微笑んでそう言うと、彼女は神妙な面持ちになった。ぜひ、話して欲しい。あなたの中に銀ちゃんが存在している証《あかし》を。

「もし、あの温もりが夢じゃなかったんだとしたら。あの人が現実に存在するんだとしたら。……死ぬ前にあの人に会いたいわ。どこの誰だか知りたい。もう一度、会いたい」

ひどく切なそうに妙子さんが言う。——なくなってなんかいなかった。たとえ神様に記憶を消されたとしても。妙子さんの銀ちゃんへの想いは、消滅していなかった。嬉しさがこみ上げてきた。しかし、その時。

「うっ……」

急に妙子さんが小さく呻《うめ》いた。と、思ったらすぐにがくりとうなだれて、そのまま車椅子から落ちて床に倒れ伏す。

「た、妙子さん⁉」

『にゃ⁉ おばあちゃんどうしちゃったの⁉』

車椅子の脇で眠っていたミーナも、その拍子に起きて驚愕の声を上げる。

「どうしましたか⁉」

「わ、わかりません……！ 急に倒れてっ」

すぐに施設のスタッフが駆け寄ってきて問われ、呆然としながらも私は必死に答える。

「救急車！」「ＡＥＤを持ってきて！」など、スタッフたちが慌ただしく走りながら対応に追われている。緊急事態に気づいたらしい透真さんや静香さんも、保護猫たちをケージに入れ始めていた。

「ご家族にも連絡しなきゃ！ 確かお孫さんがよく来ていたわよね⁉」

スタッフさんがポケットからスマホを取り出しながら言う。きっと、入居者の家族の番号が電話帳に入っているのだろう。

「あ！　私、彼のいとこです！　連絡しましょうか⁉」

柊ちゃんの連絡先ならすぐわかる。それに、スタッフさんは他にもやることがたくさんあるようだから、そうではない私がこの役を担った方がいいと思った。

「後ほど施設から正式な連絡をする必要はありますが、一刻も早くお伝えした方がいいでしょう。お願いします！」

「はい！」

急いで自分のスマホを取り出し、柊ちゃんに電話をかける。

「もしもし！」

『はい、どうしたの？　ミコちゃん』

電話に出た柊ちゃんの声には覇気がなかった。電話越しなせいかもしれないが、掠れているような気もする。

そこで私は、今朝の朝市に柊ちゃんがおらず、体調が悪いらしいと芋煮スタッフのおばさんに言われたことを思い出した。

「柊さん、具合悪いの⁉」

『うん、ちょっとね……。でも、大丈夫』

「それならよかった。それより、大変なの！　妙子さんが施設で倒れちゃって！」

『え⁉　ばあちゃんが⁉　なんでっ』

柊ちゃんが驚愕の声を上げる。彼と電話しながら見えたのは、到着した救急車へ、ストレッチャーに乗せられた妙子さんが運ばれている姿だった。

「なんでかはわからなくて……！　柊ちゃんの具合がたいしたことないなら病院に行ってあげて！　どこの病院に搬送するのか聞いといてあげるから！」

『ばあちゃんの容体は⁉　今すぐ命の危険があるの⁉』

柊ちゃんの声は上ずっていて、大変慌てている様子だった。彼が常日頃から大切にしているおばあちゃんがいきなり倒れてしまったのだから、無理もないだろう。

「ごめん！　わからないのっ。だから早く、病院に……」

『行けないんだ……！　今の僕は、病院に』

「えっ。なんで⁉」

『インフルエンザにかかっちゃったんだ……！　ばあちゃんのところに今すぐ行きたいけど、移したら大変なことになる……』

「インフルエンザ⁉」

八月に？　なんて季節外れな。しかし、インフルエンザに罹患《りかん》している状態で老人のお見舞いに行くなんてもっての外である。

『今すぐ駆けつけたいけど、この状況じゃ……。申し訳ないんだけど、もし時間があるなら僕の代わりにばあちゃんの様子を見ててくれない⁉　この前ばあちゃんと話してたみたいだし、僕の親族のミコちゃんならいいんじゃないかと思う！』

「わ、わかった！」

柊ちゃんも相当具合が悪いのだろう。妙子さんを心配しながらも、息もたえだえで話すのがだいぶ辛そうだった。

その後スタッフの人にスマホを貸し、柊ちゃんに事情を説明してもらって、私が妙子さんを乗せた救急車に同行することになった。

「すみません。そういうわけなんで、猫たちのことはよろしくお願いします」

猫たち全員をケージにしまい終えた透真さんと静香さんにも、念のため事情を説明した。

「いえ、いいですよ」

「妙子さん、大丈夫かしらね……」

穏やかに言う透真さんと、不安げに表情を曇らせる静香さん。私はぺこりと頭を下げると、救急車に乗りこもうとした。——しかし。

乗り込む際に、救急車の上部にありえないものが見えた気がして、私は二度見する。

しかし、見間違いだったようで、先程見えた気がしたものは存在しなかった。私は急いで救急車に乗り込む。

まさか、そんなものいるわけがない。妖怪は猫又だけで十分だ。

虎と狼が合体したような、不思議な獣なんて。

妙子さんは病室のベッドに横たわり、昏々《こんこん》と眠っていた。私はベッドの横に置かれたパイプ椅子に腰掛けている。

柊ちゃんの代わりに妙子さんに付き添い、検査の説明や結果を聞いていたら、外はすでに夕闇に染まっていた。

妙子さんは持病の心臓病の発作を起こしたそうで、今は落ち着いているが、まだ油断はできない状態らしい。最近は発作もなく、元気そうだったのでどうして突然こんなことになったのかは、医者も首を傾げていた。

そのことを柊ちゃんに伝えると、病院に来たがっていたが、インフルエンザではやはり来ることはできない。妙子さんの他の親族は夜に病院に到着するそうなので、私はそれまで彼女に付き添うことにした。

柊ちゃんの季節外れのインフルエンザといい、妙子さんの発作といい。白石家に何かが取り憑いているんじゃないだろうかと思えた。

ふと、病室の窓の外を見ると、低い山の頂上に湊神社の社が見えた。その上方には、見事な円形の満月が輝いている。

今頃猫神による、銀ちゃんに妖力を戻す儀式が行われているのだろうか。銀ちゃん、妙子さんのことを聞いているのかな。透真さんも儀式にはついて行くと言っていたけど、心を乱さないためにもしかしたら伝えていないかもしれない。

──妙子さんが大変な状態だと言うのに。やっぱり、このまま終わってしまうのかな。

そんな風にふたりの関係を切なく思っている時だった。

「え……!?」

いつの間にか、窓の縁にそれはいた。

耳と尾は橙色《だいだい》と漆黒の縞模様。ふわっとした灰色の手足は、狼のそれのように見える。そんな獣のような部位を生やしながらも、顔は十歳前後の人間の少年のような面立ちだった。どこか中性的で、さらりと着こなした紺の浴衣から覗く胸や首筋は、細く白い。

猫又……ではない。しかし一目で彼が人間ではないと判別できる。虎と狼が混じった、おそらく妖怪。

数時間前、妙子さんを乗せた救急車の上に奇妙な獣が見えたのを思い出す。そう、それは虎のような狼のような。

あれは見間違いではなかったということか。

「人間には我の姿は見えないはずだが……。どうやらただの人間ではないらしいな、娘」

年端のいかない少年を思わせる声にも拘わらず、尊大な口調でその妖怪は言う。私を見下すように見据えて。

「あなた、は……？」

「わしは虎狼狸《ころうり》。見ての通り、妖怪じゃよ」

妖怪には、人間が視認できる種類とできない種類がいると以前に銀ちゃんが言っていた。猫又は前者、虎狼狸は後者のようだ。

だけどなんで私、人間には見えないはずの妖怪が見えているんだろう。最近猫又と一緒にいることが多いからかもしれない。彼らに感化されてしまったんだろうか。

「その老婆、今夜が峠じゃな」

とんでもないことを、気安い口調で虎狼狸が言ってのける。背筋がぞくりとした。まだ様子を見る必要はあると医師には言われていたけど、この妖怪が告げた妙子さんの寿命があまりに短くて。

「なっ、なんとかならないの⁉」

「なんともならんよ。わしの大好物は、わしの力で病気にした人間の体から放出された生気だからの」

「はっ……⁉」

病気にした人間の？　……ということは。妙子さんの突然の発作は、この妖怪のせいだということ⁉

「ひょっとして、柊ちゃんのインフルエンザも……」

「もしかして、この老婆の孫の青年のことか。そうじゃよ、あの男の病もわしの力じゃ。このふたりが一緒にいた時に、たまたま通りかかってな。なんとなく腹ごしらえをすることにしたのじゃ。あの男の生気は若くて美味しかったのう。まあ、体力があるからあいつは直に回復するじゃろう」

老人ホームで、柊ちゃんが妙子さんと面会をしている時に、目をつけたということか。

「ねえ！　やめてよ！　あんた妖怪でしょ⁉　食事の方法なら他にもあるんじゃないの⁉」

「あるにはある。というか、わしら妖怪は別に食わなくても問題ない」

「だったら……」

「さっきも言ったであろう。人間の生気はわしの好物だと。そんな死に損ないの老いぼれの命なんざ、天秤にかけるまでもないわ」

涙目で訴える私に、虎狼狸は不敵な笑みを湛えて絶望的なことを言い放つ。

妖怪は、人間にはない特異な力を持っている。詳しいことはわからないけれど、銀ちゃんや透真さんの会話から考えると、私は眼前の妖怪に絶対に勝てないだろう。

そうなると、できることはひとつしかなかった。

「それなら！　私から生気ってやつを吸えば⁉　私なら若いんだから、妙子さんより美味しいんじゃない⁉」

啖呵《たんか》を切るように、私は虎狼狸に訴える。さっき彼は、柊ちゃんから生気を奪ったが若いから死ぬことはないと言った。だったら私が妙子さんの代わりになった方がいいと思った。

「ほうほう。それは妙案だなあ。お主、普通の人間とは違うようだから、吸いがいがありそうじゃのう。……吸いすぎてお主の残りの寿命が半分くらいになってしまうかもしれんなあ」

そう言うと、虎狼狸はニヤニヤしながら窓枠から飛び降り、私にひたひたと近づいてきた。

残りの寿命が半分に⁉　そ、そんなの聞いてないけど！

だけど、うちは女が長生きの家系だし、半分になったところであと三十年くらいは生きられるんじゃないかな⁉

とにかく、妙子さんが今晩死ぬよりは多分マシだ！

「い、いいよ！　その代わり妙子さんからこれ以上生気を吸うのはやめてよ！」

「うるさい小娘だのう。まあ、いいだろう」

近づいた虎狼狸は、私の顔に向かって手のひらを掲げた。私を病気にして、生気を吸い取るための動作だろうか。

一体なんの病気にさせられてしまうのだろう。柊ちゃんはインフルエンザだったが、妙子さんは心臓病の発作だったから、その時々や人によって違うのかもしれない。

で、できれば痛くなくて苦しくないやつでお願いします。そして寿命もできるだけ減らさないでください！

目を固く閉じ、そんな風に私が縋《すが》るような想いで願った——その時だった。

「おい。お前の生気を差し出したところで、妙子は助からんぞ。その下衆《げす》妖怪は両方頂く気だ」

聞こえたのは、最近毎日のように聞いていた、偉そうだがどこか神秘的な声だった。まぶたを開け、声がした窓の方に視線を向ける。そこには、長い銀髪を風に靡かせた、美しい青年が立っていた。

もちろん、人間の青年ではない。頭髪の隙間から覗いているのは、三角の形の耳。黒い袴《はかま》の裾から見えているのは、髪と同色の被毛が生えた、煌《きら》びやかな光沢を放つ長い尾。

透真さんではない、初めて見る銀色の猫又だった。しかし、私は瞬時に彼の正体がわかった。

「銀……ちゃん⁉」

「下僕の騒がしい心の声が聞こえてきたと思ったら、こんなことになっていたとはな。まったく、猫神の儀式の途中だったというのに。仕方のないやつだな」

超然とした笑みを浮かべて銀ちゃんが言う。しかし初めて人型になった彼を見て、私は状況も忘れて唖然としていた。

腰まで伸ばした長い髪は、キラキラと銀色の眩い光を放出していた。金と銀に彩られたオッドアイの切れ長の瞳には、息を呑むような鋭利な光が宿っている。そして通った鼻筋に、薄いが色気のある形をしている唇。

そこには、絶世の美男子が佇んでいた。少し気を抜いたら、心を奪われ虜になってしまうのではないかと思わされる。

本当に彼は、普段私がからかったり、無理やり毛の触り心地を確かめたりしている銀ちゃんなんだろうか。

しばしの間呆気に取られていた私だったが、あることを思い出してはっとする。今、銀ちゃんは猫神の儀式の途中だったと言ったのだ。そんな大事な式を中断させてしまって大丈夫なんだろうか？

「貴様……最強の猫又、銀之助か⁉　行方知れずになっていたはずでは⁉」

先刻まで余裕綽々《しゃくしゃく》だった虎狼狸が、大層狼狽《ろうばい》した様子で言った。最強の猫又……？　銀ちゃんって本当にすごいやつだったの？

「ちょっとばかり休憩していただけだ。虎狼狸風情が、私の下僕に手を出すとはな。覚悟はできているのか？」

不敵な笑みを浮かべながらも、先鋭な視線を虎狼狸に向ける。傍《はた》から見ていた私ですら、銀ちゃんが放つ殺気に背筋が凍った。

「……くっ！」

虎狼狸は小さく唸ると、虎と狼が合体したような獣の姿に変化し、開いた窓から外に向かって出ていってしまった。

睨むだけで虎狼狸を追っ払ってしまうなんて。銀ちゃん、どれだけ強くて有名な妖怪だったのだろう。

「ふん、余計なことをしおって。だがもう大丈夫だ。お前の生気は吸われていないし、妙子もこれで今晩死ぬことはないだろう」

「あ……ありがとうございます！」

普段の猫の姿とはあまりにかけ離れているので、いつものような軽口が叩けなくなる私。本当に銀ちゃんなんだよね、この妖怪……。確かに猫の姿の銀ちゃんも美しかったけれど。

──そんなことを思っていると。

「儀式の途中で突然いなくなるから焦りましたよ。美琴さんを助けに行っていたんですね」

今度は窓から、透真さんが入ってきた。いつもは穏和な笑みを湛えているのに、珍しく深刻そうな面持ちだ。

「そうだ。儀式の最中にこいつの助けを求める声が聞こえてきたんでな」

「おっしゃってくだされば、私が向かいましたよ」

「一刻を争うようだったから、説明する時間が惜しかったのだ」

「……なるほど。しかし、儀式を途中で放り出したためか、完全に妖力が戻っていないですね。このままでは、また猫の姿に戻ってしまいます。それに、猫神の怒りを買ってしまったら、ひょっとするともう一生妖力が戻らないかもしれません」

「えっ、一生⁉」

儀式の途中で来たと言っていたから大丈夫かなとは思っていたけれど、まさか一生妖力が戻らないかもしれないとは、思わなかった。

「ふん。便利な下僕の寿命が縮まったら困るんでな」

不安げに銀ちゃんを見つめる私に、彼は微笑んで答える。よく見ると、彼の全身はほんのりと淡い光に覆われていた。もしかするとこれは、不完全な状態だからなのかもしれない。

「——あら」

不意に、ベッドからか細い声が聞こえてきた。見てみると、妙子さんが目を覚ましている。虎狼狸が去ったことでこれ以上生気が吸い取られなくなり、危機を脱したのだろう。

ちょうど、ベッドの傍らには、銀ちゃんが立っていた。妙子さんは彼の気配を察したようで、視線を合わせる。銀ちゃんは神妙な面持ちになり、彼女の方を向いた。

「——あなた、は」

妙子さんは信じ難い、という表情で銀ちゃんを見つめた。銀ちゃんは、彼女に向かってひどく優しく微笑んだ。高慢チキの彼が、あんなに穏やかな笑みを浮かべられるなんて、ちょっと信じられなかった。

「私は……どうして今まで忘れていたのかしら。あなたのことを、どうして」

妙子さんが銀ちゃんに向ける、悲哀に満ちた微笑みには、ふたりの悲しい恋の結末が、内包されているように私には見えて。

――記憶が戻った。再会した拍子に。はっきりとそれがわかった。

「それは仕方がないことだったんだよ、妙子」

静かに銀ちゃんが言う。妙子さんはじっと銀ちゃんを見つめたまま、言葉を紡いだ。

「…………。あなたと駆け落ちしようとした時。私は家族に見つかって、倉に閉じ込められてしまったの。そして亡くなった夫と結婚させられたのよ」

やっぱり、妙子さんは約束を破りたくて破ったわけじゃなかったんだ。最後までふたりが愛し合っていたことがわかって嬉しくなるも、運命で引き裂かれてしまった過去に寂しさを覚えてしまう。

銀ちゃんは屈んで、寝ている妙子さんと目の高さを合わせた。――すると。

妙子さんも銀ちゃんと同じような、淡い光に包まれる。そして銀ちゃんがその頬に触れた瞬間、なんと彼女は乙女の姿へと若返ったのだった。

ふたりで愛し合って、抱き合っていた頃と同じ姿に。

「私のこと、忘れないでいてくれたのね」

「当たり前だ。今後も忘れる気はない」

銀ちゃんが彼らしい口調で言う。しかし、その言葉の節々に、情愛が満ち溢れていることがわかる。

「――ありがとう。銀之助さん」

ゆっくりと、穏やかにそう言うと、妙子さんは瞳を閉じた。そして元の年齢の姿に戻り、すぐに規則正しい寝息が聞こえてくる。虎狼狸に生気を吸い取られていたのだから、やはり体力は落ちているのだろう。

夢のようなひとときは一瞬だった。しかし、半世紀以上もの時を経た恋物語の結末が、悲しいものではなくなったことに、私は嬉しさを感じた。

「あー、もう限界。無理だ」

銀ちゃんは疲れた声でそう言った直後、見慣れた白い猫の姿に戻ってしまった。もちろん夜だから、尾はわかれている。

「あれ、銀ちゃんやっぱり猫に戻っちゃった」

「ふん、誰のせいだと思ってるんだ」

ぶっきらぼうな口調だったけど、そんなに怒っているような印象はなかった。しかし、透真さんは浮かない顔をしている。

「やはり、儀式前の妖力にまで落ちてしまいましたね、師匠……。もう本当に永遠にこのままかもしれません」

「……ごめんなさい。私のせいだ」

「そうだな。だがまあ、別にこの姿も嫌いじゃない。構わん」

嘘だ。だって、もうすぐ戻れるってわかった時に、あんなにはしゃいでいたじゃないか。何かある度に「私が元の姿に戻れれば」って、口惜《くや》しそうに言っていたじゃないか。

私が無茶をしたから。わたしのせいで。

――と、私が歯がゆく思っていた時だった。

ひらり、と窓から一枚の紙が入ってきて、透真さんの足元に落ちた。彼はそれを拾い上げると、驚愕したような面持ちになった。

「これは……猫神からの手紙です！」

「え⁉　なんて書いてあるんですか⁉」

「〝神聖なる儀式の放棄。本来なら永遠に妖力を取り上げるところだ。しかし、その娘は湊神社建立の際の巫女《みこ》の末裔《まつえい》。私にとっては恩がある。もう一度望みをやろう。再び多くの猫を幸せにした後、我がもとに来るが良い〟……と書いてありますね」

つまり、銀ちゃんはまた妖力を取り戻すチャンスを与えられたということか。しかしそれについては理解できたけれど、湊神社建立だの巫女の末裔だの、その辺は意味不明だ。

「……ほう。なるほどな。だからお前は猫の言葉がわかるのか」

「どういうこと？」

「雨宮さんは、猫神を祀る湊神社を建立した時の、巫女の子孫だということらしいです。猫神にとってはその時の恩人の血を引いているから、あなたを助けるために儀式を放棄した師匠を許してくれるということです」

「えっ。私がそんなに大それた人間の子孫⁉」

驚いたが、湊神社に行くとやたらと心が落ち着くし、幼い頃から憩いの場所だったことを思い出す。

それは、私の中に流れていた血のせいだということか。そしてその血のおかげで、私は猫の言葉がわかる能力を持っているということらしい。

「何はともあれ、よかったです。師匠が永遠に猫の姿のままではなくて」

「まあ、そうだな」

私も安堵する。銀ちゃんに永久に迷惑をかけることを回避できて、本当によかった。

そして銀ちゃんと透真さんは病室から退室し、私は妙子さんの親族が来るまで彼女を見守った。

親族が到着した頃には、青白かった妙子さんの顔色はすっかり血色のいい状態に戻り、医者も驚くような回復ぶりを見せた。

妙子さんはその数日後に、元気な様子で退院した。

それからしばらくして、妙子さんは柊ちゃんと一緒に猫又にやってきた。柊ちゃんの話では、一時入居が終わったあと、急に猫が飼いたいと妙子さんが言い出したらしい。

「老い先短いから、猫の方が長生きしちゃうかもしれないけどねえ。でも柊弥も猫好きだから、私がいなくなっても安心しておまかせすることができるの」

妙子さんがそう言った時、銀ちゃんは彼女に近寄ることもなく、窓側で素知らぬ顔をして寝そべっていた。しかしそのふわふわの背中からは、どこか温かい気配が感じられた。

というわけで、晴れてミーナが白石家に引き取られることとなった。なんとミーナの恋が叶ってしまったのである。まあ、叶ったといっても柊ちゃんはミーナの想いなんて知る由もないし、猫としてミーナを愛するだけだと思うけど。

でも、それでもいいと思う。気ままな猫と人間との恋は、一緒にいられれば成就したも同然だ。

『今までありがとう、美琴。私は柊弥さんと温かい家庭を作っていきます！』

ミーナは嫁に行くようなセリフを最後に言って、猫又を巣立っていった。

柊ちゃんは独身だけど、そのうち人間のお嫁さんを貰うだろう。その時のミーナの胸中はいかがなものかと……心中お察しする。ミーナが柊ちゃんの奥様にドメスティック・バイオレンスをふるわないことを祈るばかり。

──そして。

保護猫茶房・猫又は一匹でも多くの猫を幸せにするために、秋の気配がし始めた今日も店を開けている。

「こんにちはー！　いつもの持ってきました！」

出入口から聞こえてきたのは、朝市以来会う機会のなかった百汰の声。あれからしばらく経っていたが、彼が店に配達しに来た時にたまたま私が休みだったり不在だったりして、会うタイミングがなかった。

「あ、真田堂ですね。雨宮さん対応お願いします」

「──？　なんで私が」

ドリンクバーの機械に飲み物を補充していたというのに。テーブルについてパソコンをいじっている透真さんの方が、余裕がありそうではないか。

「そうね、ミコちゃんお願い。ドリンクの補充は私がやっておくから」

「う、うん」

何故か静香さんからも有無を言わせない雰囲気でそう言われ、私は渋々了承する。

朝市の時によくわからないことを言われたから、百汰にはちょっと会いづらいんだよなあ。変な期待をしてしまう度に、そんなわけないって打ち消すのが面倒なんだよ。

「百汰、いつもありがとうね」

出入口に向かい、受領証にサインをする私。いつも通りの、この前のことなんて何も気にしてませんというような顔で私は応対する。

「あ、うん」

百汰は私から目を逸らして、居心地悪そうに言った。なんとなく、落ち着かない雰囲気がある。そして彼は私をじっと見つめると、意を決した風な顔をした。

「俺さあ、ミコに朝市の時見せたかったんだ」

「何を？」

「魚、きれいに食べられるとこ」

「え？」

一体どういう意味なのか、しばらくの間理解できなかった。そんなもの私に見せて何になるんだろう。

——魚をきれいに食べられる人が好きです。

しかし、私は思い出した。つい最近妙子さんに言った自分の言葉を。小学生の時から譲れなかった、自分の好みのタイプを。

「さすがにどういう意味かわかるだろ。俺さ、猫又で頑張ってるミコの姿を見て、そういう気持ちになっちゃったんだよ」

驚いて言葉が見つからない私に、百汰が照れくさそうに言う。

「あの、えっと」

本当にそうなのか。本当に、まさか。

百汰は、私のことを？

この前話を聞いた時にもしかして、とは思っていたけれど。ずっと私をただの幼馴染、妹としか見られないと言っていた百汰が、今になって私を好きになるとは、どうしても信じられなくて。

彼が恋に落ちてくれるほど、私は成長したのだろうか。東京で揉まれて、体を壊してニートになって、ひょんなことから猫又でアルバイトを始めることになって。

保護猫カフェの仕事は生きがいになりつつあるけど、その前の東京での二年間は、時間の浪費としか思えなかった。

だけどあの二年間があったからこそ、ここに戻って猫の妖怪たちや、保護猫たち、悠太くん、静香さん、妙子さんとの出会いがあった。そして昔諦めた恋が、再び走りだそうとしている。

「……ふふ。まあ、いいよ」

突然の告白に狼狽えてしまっている私を見て、百汰が小さく笑った。

「ミコが俺の気持ちを理解して、落ち着いてきちんと答えを出してくれるまで、待つよ。いきなり言っちゃったしな。……それまで朝市にでも来てくれよ」

いつもの軽い口調で百汰が言った。彼のその普段通りの表情を見て、途端に嬉しさが込み上げてくる。

「う、うん！」

私は破顔し、深く頷いた。

百汰と別れ、メインルームに戻ると、銀ちゃんが私の足元までトコトコとやってきた。

「じれったいな。さっさと恋人同士になればいいものを」

人語を発して話しかけてきたので、思わずあたりを見渡す。静香さんは倉庫部屋にでも行っているのか不在で、お客さんもひとりもいなかった。少しなら会話しても大丈夫だろう。

しかしそれにしても、何を偉そうなことを言っているんだこの毛玉は。

「うるさいなあ、盗み聞きしないでよ」

「私が恋愛相談に乗ってやってもいいぞ？」

「はあ？　銀ちゃんに相談なんてしなくても大丈夫ですー。妙子さんと昔の姿で再会できてうまいことといったからって、調子に乗らないでよ」

「にゃに⁉　誰が調子に乗ってるだと⁉　天下無双の猫又銀之助様だぞ！」

そう言った後、私に向かって牙を剥く銀ちゃん。確かに、虎狼狸も人型の銀ちゃんにはびびっていたし、最強とも言っていたっけ。

虚栄心の高そうな銀ちゃんが調子に乗って言っているだけだと今までは思っていたけど、本当にすごいあやかしらしいんだよなあ。

でも、私にとってはやっぱり、所詮かわいくて生意気なもふもふの白猫なのである。

「うるさーい！ えーい！」

「な！ やめろっ！ 触るんじゃない！ ほかの猫共と一緒にするな！」

顎や頭、背中なんかをこねくり回してやる私。しかしすぐに逃げられてしまい、銀ちゃんはキャットタワーのてっぺんへと登ってしまった。私の身長では、簡単には届かない高さだ。

「まったく、偉大な私にこんな無礼なことをするのはお前くらいだぞ」

「あ、そうですか」

私を見下ろしながら、呆れたような口調で言う銀ちゃんに、悪戯《いたずら》っぽく微笑みを返す。

すると銀ちゃんは少し間を置いてから、ぼそりとこう呟いた。

「……妙子と話ができたのは、お前のおかげだ」

「え……？」

「ありがとうな、美琴」

今、ありがとうって言った？ いつも偉そうにふんぞり返っている銀ちゃんが？

それに、私のことはいつもお前とか下僕としか呼ばないのに。

美琴、って初めて呼んでくれた。

「銀ちゃんが私の名前を呼んでお礼を言ってくれるなんて！　雨が降るんじゃないかな⁉」

「雨はもう嫌ですねえ」

テーブルでの作業を終えたらしい透真さんが、通りがかりに呆れたように笑いながらそう言った。

「ふん、もう二度とお前なんかに感謝することはないだろうな」

すぐにいつもの尊大な口調に戻ってしまった。私はその白く美しい猫に向かって、不敵に微笑む。

「ふふ。私がいないと困る！　ってくらい、これからもここで一生懸命働いてやるんだからね」

「あ？　そんなことになるわけ……」

「いやー、雨宮さんがいないとすでに困る状況ですねー。猫又の秘密を共有できる人間なんて、他にそういませんからねー。ポン太もネロもミーナも、雨宮さんがいたからこそ、幸せな居場所を見つけられたんですよ」

悪態をつこうとする銀ちゃんの言葉を遮って、透真さんがニコニコ顔で嬉しいことを言ってくれた。

一時はこの猫又が閉店する方向へと向かっていてせっかく見つけた勤務先を失うか

と思ったが、なくならなくて本当に安堵している。

やっと見つけた、私が役に立てるこの居場所が。

「透真さん、本当ですか⁉」

「もちろんですよ。これからもよろしくお願いします」

「はい！」

「……まったく。下僕を調子づかせるようなことを言いおって」

そうボヤいた後、銀ちゃんはキャットタワーの上でふて寝するように丸くなった。

「銀ちゃんも、これからもよろしくね」

その背中に向かって、私は満面の笑みでそう言い放つ。背中が一瞬ぴくりと震えたが、なんの返答もない。まあ、別にいいけれど。

すると、出入口が開く音がした。お客さんが来たようだ。私は急いで対応に向かう。

――一匹でも多くの猫を幸せにするために開かれている保護猫茶房・猫又。

さあ今日も明日もまた、猫たちの幸福を願って、お店は大忙しだ。


〈了〉

※本書は「エブリスタ」(https://estar.jp) に掲載されていたものを、改題・改稿のうえ書籍化したものです。

この物語はフィクションです。作中に同一の名称があった場合でも、実在する人物、地名、団体等とは一切関係ありません。

宝島社文庫

杜の都であやかし保護猫カフェ

(もりのみやこであやかしほごねこかふぇ)

2020年3月19日　第1刷発行

著　者　湊 祥

発行人　蓮見清一

発行所　株式会社 宝島社

〒102-8388　東京都千代田区一番町25番地

電話:営業 03(3234)4621/編集 03(3239)0599

https://tkj.jp

印刷・製本　株式会社廣済堂

ISBN 978-4-299-00325-6

イラスト／もじゃクッキー

定価：本体680円＋税

餌やり当番の女性を探す
一匹の野良猫が
街中を巻き込む珍道中！

俺は猫である。名前はあったような気もするが忘れてしまった。俺のご飯係である人間の女・夏目さんが、もう一週間も来ていない。俺は仕方なく夏目さんを探しに街へ出た——。一匹の野良猫と「夏目さん」。一人と一匹の交流は、やがて街に大（?）騒動を巻き起こして……。

宝島社　お求めは書店、公式直販サイト・宝島チャンネルで。

イラスト／細居美恵子

宝島社文庫

京都伏見のあやかし甘味帖 シリーズ

柏《かしわ》てん

仕事&結婚を失った
挫折系女子と怪しい狐の
やけっぱち生活！

ワーカホリックな29歳、れんげ。会社から唐突な退職勧告を受け帰宅すると、結婚予定の彼氏と見知らぬ女!? 傷心のれんげは旅立つ、超メジャーだが未踏の地、京都へと。そこで出会ったのは、おっとり系大学生男子（甘味好き）とおしゃべりな黒い妖狐。そして次々と巻き起こる怪異！

京都伏見のあやかし甘味帖
おねだり狐との町屋暮らし

京都伏見のあやかし甘味帖
花散る、恋散る鬼探し

京都伏見のあやかし甘味帖
月にむら雲、れんげに嵐

京都伏見のあやかし甘味帖
紫陽花ゆれて、夢の跡

京都伏見のあやかし甘味帖
星めぐり、祇園祭の神頼み

定価（各）：本体650円＋税

好評発売中！

宝島社　お求めは書店、公式直販サイト・宝島チャンネルで。　宝島社　検索